Edition Atelier

BIBLIOTHEK DER NACHT

Band 2

In Zusammenarbeit mit

Michael Achenbach – Johanna Braun – Hannah Bruckmüller – Sophie Esterer – Günther Friesinger – Thomas Fröhlich – Jack Hauser – Günter Krenn – Sarah Legler – Johanna Lenhart – Michael Niemetz – Jorghi Poll – Martin Poltrum – Sophie Reyer – Raffaela Rogy – Matthias Schmidt – Esther Strauß

herausgegeben von

Thomas Ballhausen

Furi Jesi

Die letzte Nacht

Roman

Aus dem Italienischen übersetzt
und mit einem Nachwort versehen
von Barbara Kleiner

Edition Atelier

I

Im Dezember geht die Sonne früh unter; es war schon dunkel, als der Bauleiter mit seiner Trillerpfeife das Zeichen zum Feierabend gab. Der Raupenbagger blieb stehen, und der aufgewirbelte Staub legte sich auf das zur Hälfte abgerissene Gemäuer. Die Arbeiter bahnten sich ihren Weg zwischen den Trümmern hindurch und gingen fort. Eine halbe Stunde später waren nur noch zwei von ihnen auf der Baustelle. Sie waren zurückgeblieben, um nicht bemerkt zu werden. Ohne Licht zu machen, stiegen sie zu den Fundamenten des in Abbruch befindlichen Hauses hinunter, und erst als sie die Kellergänge erreicht hatten, knipsten sie ihre Taschenlampen an. Am Morgen hatten sie in einem Nebengewölbe eine Reihe von unberührten, staubbedeckten Weinflaschen entdeckt, die dort unten vergessen worden waren, und nun schickten sie sich an, sie alleine heraufzuholen, um nicht mit dem Aufseher oder den Kollegen teilen zu müssen.

Es war jedoch nicht leicht, sich im Dunkeln in dem Labyrinth der Kellergänge zurechtzufinden: Die Kreidezeichen, die sie sich an die Wände gemacht hatten, waren im Licht der Taschenlampen kaum von Mauerrissen und Stockflecken zu unterscheiden; überdies hatten die Abrissarbeiten des Tages den ganzen hinteren Teil des Ganges durcheinandergeworfen und neue Löcher in die Gewölbe gerissen. Erst nachdem sie mehrmals im Kreis gegangen waren, fanden die beiden Arbeiter den kurzen Seitengang des Korridors wieder, der zu dem Kellerabteil mit den Flaschen führte. Die Tür war nur angelehnt und mit einem Stück zusammengedrehtem Draht verschlossen. In dem Kellerabteil lag Gerümpel von alten Möbeln, deren Bestimmung längst nicht mehr zu erkennen war, und mehrere Regale lehnten aneinander; an der Wand, hinter einem Stapel Bretter, lagen auf vier Flaschenregale verteilt, inmitten von Spinnweben und unter einer wolligen Staubschicht mindestens fünfzig schwarze, gut verschlossene Flaschen. Behutsam, um den Wein nicht zu schütteln, legten sie die ersten Flaschen in einen großen Korb, den sie im Korridor gefunden hatten, und in zwei Gängen gelang es ihnen, sie alle hinaufzuschaffen. Jetzt brauchten sie sie nur noch in das kleine Auto zu verladen, das sie sich geliehen hatten, und nach Hause zu bringen. Sie waren jedoch müde und setzten sich auf einen Haufen zerbrochener Ziegel, um eine Zigarette zu rauchen.

»Schade, dass wir nicht gleich eine aufmachen können.«

»Das ist feiner Wein. Es wäre schade drum. Man müsste einer Flasche den Hals abschlagen.«

»Wer weiß, vielleicht ist da noch mehr.«

»Ein solcher Glücksfall kommt nur selten vor.«

»Wollen wir nachsehen, ob noch mehr da ist?«

»Von mir aus. Rauchen wir die Zigarette zu Ende und gehen dann noch mal runter.«

Sie stiegen noch einmal in die Kellergewölbe hinab und durchsuchten sie nach allen Richtungen, vergeblich. Ab und zu stießen sie wohl auf Haufen von Flaschen, aber die waren leer. Außerdem war es gefährlich, so in den Grundmauern des in Abriss befindlichen Hauses herumzulaufen: Jeden Augenblick konnte ein Deckengewölbe einstürzen, man konnte in ein Loch treten und sich einen Knöchel verstauchen, umso mehr, als das Licht der Taschenlampen schwächer zu werden begann. Fast tasteten sie sich nur noch voran, und dabei verletzte sich einer der beiden die Hand an einem großen Haken, der aus der Wand vorstand. Er fluchte und blieb stehen, um die blutende Hand mit einem Taschentuch zu umwickeln. Sie hatten vor einer Trennwand haltgemacht, in der sich ein Fenster befand, das auf ein anderes Kellerabteil gehen musste. Während der eine mit seiner Hand beschäftigt war, sah der andere sich um: Er versuchte, durch das Fenster in der Wand zu spähen, aber die Scheiben waren so schmutzig und verstaubt, als ob sie geschmirgelt wären. Er suchte nach der Tür zu dem Kellerabteil mit dem Fenster, die ging aber auf einen parallelen Korridor, der nur schwer zugänglich war. Also rieb er eine der Fensterscheiben mit dem Ärmel seiner Jacke ab, aber das nützte nichts; er spuckte in sein Taschentuch und rieb noch einmal. Als er den Strahl seiner Taschenlampe auf die kleine, durchsichtig gewordene Stelle richtete, sah er deutlich auf der anderen Seite des Fensters ein leeres Zimmerchen: In dessen Mitte stand ein schwarz gekleideter Mann, den der Schein der Taschenlampe offenbar überrascht hatte und der dem Fenster ein ernstes Gesicht zuwandte. Nur einen Augenblick lang blieb er still stehen, dann nahm er einen Stein vom Boden auf und stürzte mit erhobener Hand auf die Scheibe zu, um sie einzuschlagen. Gleichzeitig stieß er einen Schrei aus, der wie ein Ruf klang, laut und gurgelnd wie von einem großen, am eigenen Blut erstickten

Tier. Der Arbeiter ließ die Taschenlampe fallen und lief davon, stieß gegen seinen zurückgebliebenen Kollegen und zerrte ihn keuchend, ohne ein Wort zu sagen, an einem Arm mit sich in die Flucht.

*

Das »Haus des Malers« stand schon seit Jahrzehnten leer. Klein und schäbig stand es in einer unbewohnten Gegend am Fuß des Hügels auf der anderen Seite des Flusses. Ein junger, ausländischer Maler aus wohlhabender, adliger Familie hatte es Anfang des Jahrhunderts bauen lassen und war dann plötzlich von einem Tag auf den anderen verschwunden, keiner wusste wohin. Mittlerweile war nicht einmal mehr so recht klar, wem dieses Haus eigentlich gehörte, das im Übrigen niemanden interessierte und wahrscheinlich einsturzgefährdet war. Die Fensterläden waren vernagelt, aber die Tür war seit Jahren nur angelehnt, vermutlich seit dem Tag, an dem jemand das Schloss aufgebrochen hatte, bei dem vergeblichen Versuch, hier etwas zu stehlen.

Die beiden Kinder lebten in einem der riesigen Hochhäuser aus Stahlbeton, die vor Kurzem am äußersten Stadtrand, an der Grenze zu den Feldern erbaut worden waren. Schon seit vielen Jahren, praktisch seit sie hierhergezogen waren, hatten sie ihre nachmittäglichen Spaziergänge fast bis an die Schwelle des »Haus des Malers« ausgedehnt. Jetzt wollten sie hineingehen, auch wenn die Eltern ihnen das verboten hatten: Es würde eine herrliche Festung sein.

Die Tür ging nicht leicht auf, weil die Angeln verrostet und das Holz von Feuchtigkeit gequollen war. Indem sie sich mit allen Kräften dagegenstemmten, gelang es den Kindern jedoch, einen der Türflügel aufzudrücken, und sie traten in das ein, was einmal der Flur gewesen sein musste. Man sah fast nichts; die Fenster waren alle mit Brettern vernagelt, und nur durch den Türspalt drang ein wenig Licht vom Sonnenuntergang. In weiser Voraussicht hatten die Kinder eine Kerze mitgenommen; die zündeten sie nun an und drangen durch Staub und Stucktrümmer, die von der Decke gefallen waren, ins Innere vor. Aber im Hausflur und in den von ihm her zugänglichen Zimmern gab es nichts Interessantes zu sehen. Einzig ein kleines Zimmer mit Deckengewölbe weckte ihre Neugier; seine Wände waren mit einer schweren Relieftapete ausgekleidet, worauf rote, grüne, schwarze und goldene chinesische Drachen dargestellt waren. Die Feuchtigkeit hatte die Tapete von der Wand gelöst. Sie rissen ein Stück davon mit einem ganzen Drachen darauf ab und steckten es in die Tasche. Leicht enttäuscht liefen sie im Erdgeschoss und im ersten Stock der kleinen Villa auf und ab. Nicht einmal eine alte Truhe oder ein paar Bretter waren da, um die Festung einzurichten. Dann stiegen sie durch eine kleine, im Korridor gelegene Tür in den Keller hinunter. Vom Versteckspielen waren sie es gewöhnt, die Kellerräume des alten Viertels, wo sie früher gewohnt hatten, zu erkunden, und sie hatten überhaupt keine Angst. Der Maler hatte Wert auf einen schönen Keller gelegt: Da gab es Räume mit hohen Deckengewölben, und an den Wänden hingen noch die Flaschenregale, nunmehr vom Holzwurm zerfressen und voller Staub. Zu ihrer Überraschung und Freude entdeckten die Kinder auf dem Lehmboden eine Zeichnung, die ihnen vorkam wie die Form zum Himmel-und-Hölle-Spiel: ein großes Rechteck, unterteilt in sechs kleinere Rechtecke und abgeschlossen von einem Halbkreis. Eines der beiden Kinder begann, auf einem Bein von einem Rechteck zum nächsten zu hüpfen, ohne auf die Trennlinie zu treten. Da tauchte aus dem Hintergrund des Raumes, wohin das Kerzenlicht nicht drang, ein kleiner, dicker, schwarz gekleideter Herr auf. Sein Aussehen hatte nichts Furchterregendes, aber sein plötzliches Erscheinen entsetzte die Kinder dermaßen, dass sie die Treppe hinaufstürzten, dann über die dunklen Felder, auf das Licht ihrer Wohnungen zu.

*

Als sie erschienen, hatten sie keine deutlich erkennbaren Umrisse; Wolfszähne tauchten auf und am Körper behaarte Stellen wie bei Kaninchen. Aber da sie die Dunkelheit liebten, sich in Kellerwinkeln verkrochen, im Dunkel der Speicher und unter dem Staub und den Spinnweben der Schuppen, konnte das auch nur eine Täuschung sein, und vielleicht waren Gestalt und Gesicht wie beim Menschen. Es waren keine Toten, die des Nachts an die Türen klopften. Wie die blinden Geschöpfe der Höhlen scheuten sie jeden Lichtstrahl, und sei es auch nur den einer schwachen, rußigen Lampe, und sie scheuten die Menschen. Hunde und Katzen bemerkten ihr Näherkommen nicht, und sie setzten alle Sorgfalt daran, leise zu gehen, machten enorme Umwege, um die Nähe bewohnter Räume zu meiden.

Man erzählte sich von ihnen, sie seien Tote, die den Tod überlebt hatten und sich von menschlichem Blut ernährten, um ihr bleiches, nächtliches Dasein als leibhaftige Gespenster zu fristen. Aber das stimmte nicht. Vielleicht hatten sie Gesicht und Gestalt des Menschen, aber sie waren nie Menschen gewesen. Von menschlichem Blut hatten sie sich immer ernährt, um zu leben, da Leben und nicht Tod ihr Dasein genannt werden musste, und der Mensch galt ihnen gleich viel wie Schlachtvieh. Seit Jahrtausenden jedoch wagten sie nicht mehr, die Nähe der Menschen zu suchen, und mussten sich allein vom gestockten Blut der Toten ernähren.

Früher einmal hatten sie über die Erde geherrscht. Nun aber, zu Aasfressern heruntergekommen, bevölkerten sie furchtsam und scheu verlassene Räume, Gebirgshöhlen, Keller und Ruinen; nur in einem abgelegenen Tal der Karpaten lebte einer von ihnen, der größte von ihnen, einsam und ungestört in einer großen, befestigten Burg. Die Vorsehung Unseres Herrn hatte es so eingerichtet, dass sich durch die Jahrhunderte hindurch einige wenige Menschen darin ablösten, diese Gebirgsresidenz gegen jede Zudringlichkeit und gegen jegliche profane Neugier zu schützen. Auf der äußeren ihrer Befestigungsmauern waren die Banner der Bogomilen, der Ritter des Deutschen Ordens, der Livländischen

Ritter vom Schwert aufgezogen worden, bis hin zu den Tagen, in denen der Schutz der Burg in die Hände von anderen Menschen übergegangen war, die, obgleich sie keine Fahnen im Wind flattern ließen, dennoch dem, der dort weilte, Stille und Geheimhaltung zu garantieren wussten.

Seitdem sie in nunmehr weit zurückliegenden Jahrtausenden von den Menschen besiegt und unterworfen worden waren, hatten die Vampire in ihrem leidvollen Exil stets auf diese einsame Burg geschaut, wie auf das unzerstörbare Siegel ihres Herrschaftsvertrags, der sie der Erde verbunden hatte, wie auf das Unterpfand, das selbst ihren blindesten Glauben an Wiederauferstehung nicht sinnlos werden ließ. Stumm wie nächtliche Schatten, blind und taub in ihrem Exil, das sie vom unausgesetzten Wandel der Jahreszeiten fernhielt, hatten sie durch die Jahrhunderte hindurch ihre Gewissheit nicht verloren. Eines Tages würden wieder sie über die Erde herrschen. Da sie nur noch wenige und über den ganzen Erdball verstreut waren, kannten sie einander nicht mehr. Aber ein jeder von ihnen setzte sein Dasein fort, als ob jedes Erwachen der Moment der Zusammenkunft und der wiedergewonnenen Herrschaft sein könnte. In unerschütterlichem Glanz strahlte die Glorie Unseres Herrn. Jede Nacht erforschten die Vampire den Himmel, um daran das Zeichen zu entdecken, jede Nacht zogen die Sterne schweigend ihre Bahn. Und dann, nach Jahrtausenden des Exils erschien am Horizont ein flammendes Schwert, das die himmlischen Gefilde rot färbte. Da kamen sämtliche Vampire aus allen Teilen der Welt an einem einzigen Ort zusammen. Doch die Andachtburg, die ferne und unbezwungene Residenz des größten der Vampire, konnte das nicht sein. Die Stunde war verkündet, aber noch nicht da. Aus allen Teilen der Welt kamen die Vampire zum Turm der Gattelusi geflogen, der hoch oben auf einem Steilfelsen der einsamen Insel Samothrake gelegen war.

Eines Abends kurz vor Weihnachten sahen die Schäfer des Dorfes Paleópolis, die mit ihren Herden noch auf den Anhöhen gegenüber von den Türmen der Gattelusi verweilten, wie plötzlich in den Fenstern des größten der Türme Licht anging. Als erste Antwort auf das am Himmel verkündete Ende ihres Exils hatten die Vampire sich dem Licht aussetzen wollen, wenn auch nur einem nächtlichen Licht. Es sah aus, als würde im Turm der Gattelusi ein frohes Fest gefeiert.

Die Schäfer bekreuzigten sich, flüsterten wiederholte Anrufungen des heiligen Demetrius und des heiligen Georg, kehrten den gefährlichen Ruinen den Rücken und trieben ihre Herden hastig ins Dorf hinab.

Alles war im Geheimen vorbereitet worden. Aus allen Ländern waren die Vampire gekommen: aus den Schluchten Kurdistans, wo sie in den Kellerverliesen des Heiligtums von Scheich Adi Zuflucht gefunden hatten, unter den kleinen weißen Pyramiden mit der goldenen Kugel darauf, aus den verlassenen, in die Meteoritenfelsen Thessaliens gehauenen Klöstern; aus den einsamen, heiteren Tälern der Herzegowina, wo ihre steinernen Häuser beieinanderstehen, geschmückt mit Darstellungen von Tänzen und Turnieren, von Regen und Sonne gebleicht; aus den Höhlen der Moränenhügel des Piemont und aus Domazan im Süden Frankreichs, wo sie auf den Grabstelen dargestellt sind, mit erhobenen Händen, Pfeil und Bogen neben sich.

Und von noch weiter her, die Schranken der Zeit durchbrechend, wie es ihnen zu Gebote stand, tauchte eine Schar von Vampiren in die geschlossene, alltägliche Erdatmosphäre ein, eilte zur Zusammenkunft. Es waren die allerältesten Vampire: diejenigen, die in Ägypten gelebt hatten, als die beiden Welten noch nicht unter der weiß-roten Krone vereinigt waren und noch das Blut von Menschenopfern floss, auf dass sie sich davon nährten; die aus Babylonien und Assyrien, die sich noch der schön geschichteten Pyramiden aus Menschenköpfen entsinnen konnten, die phönizischen Vampire, die unter dem Schutz von Melqart und Baal gestanden waren, und diejenigen, für die sich im fernen Arabien die Opfersteine nicht nur rot, sondern auch schwarz gefärbt hatten. Alle kamen sie. Sie hatten ihre engen Schlupfwinkel verlassen, die Verstecke, in denen zu leben sie gezwungen waren, seit die gotteslästerlichen Verbrecher ihre Bleiben geplündert hatten. Und auch die kamen, die weniger in nächtliche Kontemplation versunken waren, die stets tätigen Vampire, diejenigen, von denen ein sagenhafter Faden sich wie eine Blutspur durch die Geschichte zieht.

Vampire, denen gegenüber Simon Magus, Faust und Ahasver nichts als erbärmliche einsame Schatten waren, zu ewiger Dauer und ewigem Umherirren verurteilt, ohne sich nähren zu können. Vampire, die sich selbst mutig als »die Reinen« bezeichnet und im Kampf gegen Samaèl selbst byzantinische Kaiser und römische Päpste herausgefordert hatten, auf dass eines Tages das verderbliche *Sama* vernichtet werde und allein das *El* Unseres Herrn bleibe. Die ritterlichen, strengen Vampire, die eigentlichen Verteidiger der nackten, schwarzen Erde, die Verbündeten von Hasan-i Sabbah, die Verfolgten, aber Unbesiegten, die Ewig-Wiederkehrenden.

Nur Dracula fehlte auf der Versammlung. Der uralte Fürst der Vampire verließ die Andachtburg nicht mehr.

Der ehrwürdige Juan de Carvalho y Melho, Marquis de Pombal, Dekan der portugiesischen Vampire, wurde einstimmig berufen, der Versammlung vorzusitzen. Vor Zeiten hatte er einen anderen Namen getragen; aber es war nicht mehr gestattet, diesen Namen auszusprechen, ebenso wenig wie das gemeine armenische Schimpfwort Polik, womit seine Verfolger ihn belegten: Man durfte nicht an alten Wunden rühren und auch nicht an die Zeiten der Schmach erinnern.

Zunächst forderte der Marquis de Pombal alle Anwesenden auf, in Ehrfurcht des Grafen Dracula zu gedenken, des höchsten Verwahrers und Garanten der vampirischen Würde. Sodann verlas er eine kurze Botschaft des Grafen Dracula an die Versammlung:

»Brüder! Es ist mir schmerzlich, in einer so ernsten und entscheidenden Stunde für unser Volk nicht unter euch sein zu können. Ich will es jedoch nicht unterlassen, euch zu versichern, dass ich selbst Stunde für Stunde das neue Schicksal der Vampire miterlebe. Jeder eurer bevorstehenden Siege, jede Niederlage werden auch mein Sieg, meine Niederlage sein; denn nicht so sehr zur Befriedigung meines persönlichen Ehrgeizes, als vielmehr, um der Wirklichkeit des Lebens die Ehre zu erweisen sowie dem Schicksal, dem ich mich nicht entziehen will, wage ich zu behaupten: Wo immer ich bin, dort sind die Vampire.

Für einen Vampir wie mich, dem allzu leidenschaftliche und entschiedene Stellungnahmen von Natur aus fremd sind, da sie stets intime und peinliche Geständnisse beinhalten, ist es schwierig, die rechten Worte zu finden, um euch zum Handeln anzuspornen. Dennoch, ich will mich der Aufgabe, die das Schicksal mir auferlegt, nicht entziehen und zögere daher nicht, euch nach all den tragischen Erfahrungen der Vergangenheit noch einmal ins Gedächtnis zu rufen, dass die vampirischen Prinzipien von Freiheit und Toleranz sich viel zu lange schon von einem schamlosen Fanatismus haben unterjochen lassen, obwohl es unser Recht und unsere Pflicht wären, uns dagegen zur Wehr zu setzen. Nun werden vampirische Tugend und Adel lernen, den Harnisch zu tragen und gemäß dem Prinzip zu handeln, dass Freiheit nicht das Privileg derjenigen sein darf, die sie zu zerstören trachten.«

Die Vampire nahmen die Botschaft des Grafen Dracula mit Schweigen auf. Jahrtausende waren vergangen seit dem Tag, an dem die Menschen die Vorherrschaft übernommen hatten. Die Vampire scheuten stets vor dem Gedanken an den Tag ihrer Erschaffung zurück: zu geheimnisvoll und heilig war jene Stunde, die in den Händen des Herrn lag. Aber die großen Daten der Vampirgeschichte hafteten wie leuchtende Embleme und Zeichen in ihrem Gedächtnis. Hehres Glück bedeutete es, sich an die Jahrhunderte der großen Vampirherrschaft zu erinnern und auch an die Urvegetation, die Riesenfarne und Araukarien, unter denen die ersten Vampire gewandelt waren. In naivem Staunen vor ihrem eigenen Geschick – zuerst bloße Klümpchen Schleim in den Ozeanen, sodann Herren über eine reich mit Pflanzen und Tieren gesegnete Welt – hatten die Vampire der am weitesten zurückliegenden Generationen die Erschaffung der Menschen mit angesehen und hatten in ihnen diejenige Tierart erkannt, deren Blut am meisten vom Geschmack der Erde bewahrte. Es schien – und war tatsächlich so –, dass die gute Erde, aus der jegliche Kraft entsprang, ins menschliche Blut eingegangen war, ohne dabei etwas von ihrem Geschmack und ihrer belebenden Kraft einzubüßen, oder doch kaum etwas. Im Vergleich zum menschlichen Blut war das der anderen Tiere ein minderer Saft, eine recht dürftige Quelle der Regeneration. Aber der Widersacher, der grausame Widersacher seit jeher, Samaèl, hatte den Menschen gestattet, mittels unaussprechlicher Gräuel die Herrschaft zu übernehmen.

Schwerlich wird man in der Geschichte etwas Mitleiderregenderes, etwas Schrecklicheres finden als die ersten Verfolgungen der Vampire durch die Menschen. Gemeinheit, Gier und Ausschweifung, Fanatismus, gepaart mit Anmaßung und Niedertracht, machten den Charakter der Verfolger aus. Ohne den Anteil von Herrschsucht und Korruption schmälern zu wollen, war doch vor allem der Fanatismus anzuklagen und das, was ihm eigen ist: die kalte, überlegte Gräueltat, Grausamkeit, die sich im Exzess der selbst erfundenen Qualen gefällt, willkürlich gesteigerte Wut. Und unter Fanatismus ist der Geist der Intoleranz und der Verfolgung zu verstehen, von Rache und Hass, weil eine Rasse sich für die auserwählte hält.

Nachdenklich erwog die Versammlung das neue Schicksal, als ein Vampir das Schweigen brach. Francisco Torrado y Asensio, Herzog von Avila, erhob sich von seinem Sessel. Er zitterte und sagte: »Vampire! Brüder! Eines Tages – in der Zeit des Leidens – haben wir auf Hasan-i Sabbah vertraut. Alamut, der Adlerhorst – in unserer Sprache verdiente er wohl den Namen Wolfshöhle! Über dem Chorasan wehte die Vampirflagge, Muselmanen und Christen starben, sobald einer von uns es wollte. Wozu haben uns die Assassinen genutzt? Was hat es uns genutzt, auf die Menschen zu vertrauen, um die Erde wiederzuerobern? Nichts. Weniger als nichts. Das ist nicht unser Schicksal. Brüder! Lassen wir uns nicht täuschen von einem Zeichen am Himmel. Die Verzweiflung schwebt über uns mit den schwarzen Flügeln der Ewigkeit.«

Bestürzt schwieg die Versammlung. Aber nach kurzer Rücksprache mit seinen Nachbarn erhob sich ein alter, bäuerischer Vampir aus der Bukowina. Er drückte sich aus in dem alten Dialekt, der einst allen Vampiren gemeinsam gewesen war und heute nur auf dem Lande noch überlebte. »Meine Herren Vampire«, begann er, »ich bin ein armer Vampir vom Lande und wurde vor vielen Jahren in dem Dorf der Bukowina geboren, in dem ich noch heute lebe. Wir auf dem Land, wenn wir über den Ausgang eines Unternehmens Zweifel haben – was weiß ich, die Abfüllung von Blut in Flaschen an einem bestimmten Tag oder einen gefährlichen nächtlichen Ausflug –, so wenden wir uns an Unseren Herrn, wir beten zu ihm, und er enthüllt uns Seinen Willen. Warum machen wir es nicht auch jetzt so? Unsere Sache ist gut. Ein Zeichen ist am Himmel erschienen. Unser Herr wird sich nicht verschließen.«

Angesichts dieses Vorschlags war der Marquis de Pombal unschlüssig.

Zwei weise Vampire, wahrhaftige Leuchten der Theologie, wurden zum Sitz des Präsidenten gerufen, der seinen Platz dem älteren der beiden überließ. Es war dies der alte Vampir Domingo Josè Gonçalves de Magalhaes, der schon in Antiochien gegen die Byzantiner gekämpft hatte – damals hieß er noch Chrysocheir –, und er galt als der größte Theologe unter den Vampiren. Als der Marquis de Pombal ihm seinen Platz überließ, wandte sich der Greis an ihn statt an die Versammlung und flüsterte ihm einige Worte ins Ohr. Der Marquis nickte ehrerbietig, dann wandte er sich an die Anwesenden:

»Der verehrte Vampir möchte nicht mit lauter Stimme für die Öffentlichkeit sprechen. Ich werde sein Sprachrohr sein«, erklärte er. Dann fuhr er fort: »Unser berühmter, ehrwürdiger Bruder meint, der Vorschlag des Vampirs aus der Bukowina sei sinnvoll. Unseren Herrn um Rat zu bitten, erscheint ihm recht und billig. Er schlägt daher vor, dass auf der Stelle eine Delegation zum Paradies aufbricht und noch heute Nacht zurückkehrt, so dass sie uns sogleich vom Ergebnis der Mission Bericht erstatten kann. Die Zeit drängt.«

Darauf ergriff der jüngere Theologe das Wort, ein Schüler von Gonçalves de Magalhaes:

»Wenn die Versammlung einverstanden ist«, sagte er, »so schlage ich vor, die Delegierten sofort zu wählen und ihr Beglaubigungsschreiben aufzusetzen. Denn in der Tat muss klar sein, dass die Delegation in feierlicher Weise die Gesamtheit der Vampire repräsentiert.«

Die Versammlung bekräftigte die Worte des Vampirs durch Applaus. »Aber«, unterbrach der Marquis de Pombal, »wer unterzeichnet das Beglaubigungsschreiben, wenn es in feierlicher Weise den Willen sämtlicher Vampire zum Ausdruck bringen soll?«

Das folgende Schweigen wurde von einer harten, rauen und schleppenden Stimme unterbrochen. Gonçalves de Magalhaes hatte schließlich doch seine Stimme erhoben:

»Wer kann mit seiner Unterschrift alle Vampire vertreten? Wer von allen Vampiren ist der einflussreichste im Paradies? Wer, wenn nicht Graf Dracula?«

Damit war der einzuschlagende Weg klar. Und ebenso klar war die Wahl der Gesandten. *Nomini meo adscribatur victoria.* Der Marquis de Pombal und der Herzog von Avila, die einzigen unter den Versammelten, die dem Orden vom Goldenen Vlies angehörten. Niemand außer ihnen wäre würdig gewesen, seinen Fuß in die Andachtburg zu setzen und danach vor Unseren Herrn zu treten.

II

Ein tiefgelegenes Netz von Schächten, Kanälen und Gängen verband einstmals die großen Residenzen der Vampire. Dann waren viele der Stollen eingestürzt, andere wurden gesperrt. Es hieß, die Andachtburg, die Residenz Draculas, sei vorsätzlich isoliert worden, um Angriffen von Seiten der Menschen vorzubeugen.

In Wirklichkeit war die Burg nur kurze Zeit ohne unterirdische Verbindung geblieben. Nachdem sie aus Gründen der Verteidigung genötigt gewesen waren, die alten Schächte zum Einsturz zu bringen, hatten die Vampire bald ein neues unterirdisches Netz ausgehoben, das auf der einen Seite kilometerweit unter den Karpaten dahinlief, bis zu den Durchgängen unter dem östlichen Mitteleuropa, die passierbar geblieben waren; auf der anderen Seite führte es zum Schwarzen Meer und unter ihm hindurch bis zu seiner asiatischen Küste.

Den beiden Gesandten wurde von der Kanzlei der Vollversammlung ein Bleirohr ausgehändigt, welches das Pergament mit dem Beglaubigungsschreiben für Unseren Herrn enthielt. Dann, nachdem sie eine große quadratische Falltüre angehoben hatten, ließen sie sich in einen der zahlreichen unterirdischen Stollen hinab, die den Turm der Gattelusi mit dem Rest der Welt verbanden.

Es war ein Gang von beachtlicher Breite, in dem die beiden Vampire rasch ausschreiten konnten. Ein sanftes Licht fiel durch große, oben in das Gewölbe eingelassene Quarzblöcke, weshalb man an die Wände gelehnte zerbrochene Marmortafeln,

Architrave und Säulen erkennen konnte. In regelmäßigen Abständen waren alte Reliefs in die Wände eingelassen; die beiden Abgesandten erkannten darauf Szenen aus dem Leben Brufolagas, des großen Fürsten der Vampire, beim Gastgelage oder eine Darstellung seiner Beisetzung.

Der Marquis de Pombal kannte diesen Weg schon. »Auch Menschen sind hier durchgekommen«, sagte er zum Herzog von Avila. »Als sie Samothrake besetzten, entdeckten sie den runden Palast Brufolagas, hausten in seinen Sälen, aber schließlich packte sie die Neugier, sodann unwissende Verehrung angesichts der Figuren, die reglos von den Wänden auf sie herabblickten. Sie meinten, es wären Götter (wofür sonst sollten sie denn auch einen Vampir wie Brufolaga halten?), und sie weihten den Palast zum Tempel. Auch diesen unterirdischen Gang hier benutzten sie als Heiligtum; sie kleideten ihn mit Marmor aus, und wir mussten dann mühsam dieses Pflaster aufreißen, um wieder an die gute Erde heranzukommen, auf der sich gehen lässt!«

In dem unterirdischen Gang wurde das Licht matter und nahm eine grünliche Färbung an, ein Zeichen dafür, dass sie nunmehr unter dem Meer waren. Die feuchte braune Erde unter den Füßen der Vampire war eine unerschöpfliche Kraftquelle; die beiden Gesandten gingen, ohne zu laufen, doch so schnell, dass sie schon nach wenigen Stunden unter der thrakischen Ebene angelangt waren. Der Stollen bog hier nach Norden. Plötzlich wurde er enger. Avila war überrascht, aber der Marquis de

Pombal erklärte ihm: »Da sind wir. Bald haben wir die Gänge erreicht, die zur Andachtburg führen.«

Die Marmorbögen eines hohen Portals tauchten vor ihnen auf. Die Erde, über die sie dahingingen, schien dunkler, und eine schwere Atmosphäre, feucht und vom Duft nach Moschus und Amber getränkt, umfing sie. Über eine längere Strecke war die Dunkelheit beinahe vollkommen. Die Gesandten hielten sich an den Händen und tasteten sich an den Wänden entlang. Dann waren in das Deckengewölbe wieder Quarzblöcke eingelassen: Ein frisches, morgendliches Licht fiel durch sie herab und überraschte die Vampire, wussten sie doch, dass es noch Nacht war. Und der hohe, gestirnte Himmel empfing sie, als sie nach einem letzten Aufstieg durch einen Brunnenschacht schließlich in den Hof der Andachtburg hinaustraten, der im weißen Mondlicht dalag.

»Wir müssen dringend den Grafen sprechen«, sagte der Marquis de Pombal zu dem greisen Pförtner, der verschlafen aus dem Säulengang aufgetaucht war.

Aber der entgegnete sogleich: »Das geht nicht, Exzellenz. Sie sollten das wissen. Seine Herrlichkeit schläft seit mehr als drei Stunden. Sie wollen doch nicht etwa in sein Zimmer hinuntersteigen?«

»Ich muss ihn sprechen!«

»Aber das ist unmöglich, Exzellenz! Ich habe strengste Anweisungen. Es geht nicht.«

Da gab der Marquis de Pombal seinem Begleiter ein Zeichen. Der Herzog schlug eine Mappe aus glänzendem Maroquinleder auf, zog ein vierfach zusammengelegtes Blatt Pergament daraus hervor und entfaltete es unter den Augen des Pförtners. Es dauerte eine Weile, bis der einfache Vampir mühsam den Inhalt des Blattes entziffert hatte, der in der kunstvollen Kalligraphie der alten Vampirschule abgefasst war. In diesem Dokument befahl der Oberste Rat des Vampirischen Horizonts jedem Vampir, sämtliche Anordnungen seines Überbringers unverzüglich zu befolgen, bei Zuwiderhandeln drohte der Ausschluss aus der Gemeinschaft der Vampire und die Amputation von Flügeln und Zähnen.

Von ehrfürchtigem Schrecken erfüllt, fügte sich der Pförtner. »Folgen Sie mir«, sagte er, »wollen wir hoffen, dass Seine Herrlichkeit nicht ungehalten wird.«

Sooft der Marquis de Pombal auch schon in der Andachtburg gewesen war – in deren Kellergewölbe hinabzusteigen, zum Schlafgemach Draculas, war für ihn jedes Mal wieder ein Moment der Freude, aber auch der Beklemmung. Hinabzusteigen zu Ihm, der dort unten im Schlummer lag, bedeutete selbst für einen alten Vampir, sich unter Furcht und Zittern verborgenen Abgründen zu nähern, der unvordenklichen Wiege der Zeit. Aufrichtig gerührt, als wäre es das erste Mal, sah er die hohe Eichentür sich auftun. Ein riesiger Saal tauchte in das Karpatengestein hinab, hinunter und immer noch weiter hinunter, bis zur lebendigen Erde unter dem Gestein.

In tiefem Schweigen stiegen die beiden Gesandten Stufe um Stufe die Treppe hinab, die endlos schien. Schließlich gelangten sie auf einen ungewöhnlich großen Absatz, beinahe schon einen kleinen gepflasterten Platz. Eine graue Mauer erhob sich vor ihnen und in ihr eine mächtige Tür aus behauenem Eisen. Der Pförtner öffnete ihre Flügel, dann trat er beiseite.

Seine Herrlichkeit Graf Dracula lag ausgestreckt auf einem riesigen Bett, das war ein Turmbau aus leuchtendem Zypressen- und Eschenholz, der nur durch sein enormes Gewicht inmitten eines wogenden Chaos von aufgewühlter Erde im Gleichgewicht gehalten wurde. Graf Dracula lag in tiefstem Schlummer, und sein Gesicht war friedlich; aber unausgesetzt, in immer wiederkehrenden Wellen, liefen Schauder über seine Stirn und seine Wangen. Und der Atem, der die Brust hob und senkte, konnte erscheinen wie ein von seinen Gliedern zusammengehaltener Aufruhr, eine ächzende, fest im Gefäß seines Leibes verschlossene Flut. Ringsum ragten aus der aufgewühlten Erde riesige vertrocknete Baumstämme und knorrige Wurzeln empor, braun und verdorrt oder grün, von Lymphsaft geschwollen, wie Lianen, die den ganzen Raum bis zur Decke hinauf einnahmen, als befände man sich im Erdreich unter einem tausendjährigen Urwald.

Und wieder das zarte, frühmorgendliche Licht, die Frische der Morgendämmerung. Die Gesandten standen schweigend nur wenige Schritte von der Schwelle entfernt, da bemerkten sie, dass dieses Licht, dieser morgendliche Hauch den pflanzlichen Stalagmiten entströmte, und zwar im Rhythmus von Draculas Atem. Der Leib des Grafen, urzeitliches Protozoon, ein bloßer Klumpen Leben, dehnte und kontrahierte sich in seinem Schlaf; und die Schauder, die über seine Epidermis liefen, schienen sie durchsichtig zu machen, wie um in dem Schlafenden die ununterbrochene Folge von Generationen sichtbar werden zu lassen. Tausend Leben schliefen, tausend Leben währten und vergingen, tausend Leben wurden unablässig geboren in Draculas Schlaf. Wirre, aufgewühlte Erde umgab das große Bett, häufte sich um die Pfeiler; Erdklumpen hätten im Schnurrbart und im Haar des Grafen hängen können, aber Schnurrbart und Haar schimmerten in makelloser Weiße. Die rechte Hand Draculas ruhte auf der Brust; die linke stützte den Kopf.

In höchster Angst legte der Marquis de Pombal eine Rabenfeder zwischen die Finger des Schlafenden. Da erhob sich die Rechte – der Schlaf wurde nicht unterbrochen –, glitt sicher auf das Pergament hinab und zog das hochverehrte Zeichen. Nach dreimaliger Verbeugung nahmen die Gesandten Abschied.

Ausgestattet mit dem Beglaubigungsschreiben Draculas flogen die beiden Gesandten senkrecht gen Himmel. Je höher sie kamen, desto schwächer wurde das Licht, bis sie sich in völligem Dunkel befanden. Aber auch in der Dunkelheit steuerten sie, seit Jahrtausenden daran gewöhnt, ohne Licht zu sehen, zielsicher einen Punkt direkt über ihnen im Himmel an, der noch schwärzer war als die Finsternis und dem sie sich mit jedem Flügelschlag näherten.

Als tiefste Nacht sie umfing, erhob sich vor ihnen ein hoher, steinerner Grenzwall; sie hielten an. Da erstrahlte großes Licht, und in seiner blendenden Helle tauchten zwei Greife auf, die zuvor in der Dunkelheit verborgen gewesen waren. Der Marquis de Pombal wandte sich an den rechten Greif: »Zu Thomas, genannt Didymos, führt uns eine offene Hand.«

»Die Toten werden nicht leben«, entgegnete der Greif, ohne den starren Blick zu erheben, »und die Lebenden nicht sterben. Wollen Sie die Güte haben zu warten.«

Langgezogene Töne wie von einer Harfe, die aber von klingenden Perlen herrührten, kündigten das Erscheinen des heiligen Apostels an, der gemessenen Schrittes näherkam. »Was wünschen diese teuren Söhne?«

Der Marquis de Pombal und der Herzog von Avila verneigten sich dreimal tief. Sodann wagte der edle portugiesische Vampir, ihr Anliegen vorzutragen. »Eure hochverehrte Eminenz, wir bitten um eine Audienz bei Unserem Herrn.«

»So einfach ist das aber nicht!« erwiderte der heilige Thomas. »Woher kommt ihr? Wer seid ihr?«

»Wir sind Gesandte der irdischen Gemeinschaft der Vampire. Uns schickt Graf Dracula.« Bei diesen Worten zog er das Beglaubigungsschreiben mit der Unterschrift des Grafen aus dem Bleirohr und entrollte es, nicht ohne es rasch an Stirn, Mund und Herz geführt zu haben.

»Seine Herrlichkeit Graf Dracula?« fragte der heilige Thomas und studierte das Pergament. »Wenn das so ist, dann wohlan! Unser Herr wird euch empfangen.« Und er ging ihnen voraus auf den von Buchsbaum gesäumten Wegen des Paradieses, der Schein des Mondes lag auf ihnen, der in den Tiefen des Himmels stand.

Nachdem sie eine geraume Weile auf diesen lieblichen Wegen dahingegangen waren, gelangten die Vampire vor einen purpurnen Vorhang. Er wurde von unsichtbaren Händen beiseitegezogen, und ein weiterer, ebensolcher Vorhang kam zum Vorschein. Davor standen zwei Scharen Cherubim, wie zwei feste Mauern aus Stein. Der heilige Thomas wies die beiden Vampire mit einer Handbewegung auf eine Porphyrplatte hin, die in den Boden eingelassen war; auf ihr, die blutrot schimmerte, fielen sie auf die Knie. Da verkündete der Apostel laut: »Audienz der Botschafter der irdischen Vampire, gesandt vom Grafen Dracula!«

Geräuschlos öffnete sich der purpurne Vorhang in der Mitte, und der Thron Unseres Herrn wurde sichtbar, umstanden von Erzengeln.

Unser Herr hatte gerade die Fünfzig überschritten, aber der lange graue Bart ließ ihn älter erscheinen. Seine Augen waren nicht besonders weit geöffnet und ihrem Ausdruck nach schienen sie offenzustehen, um gelassen alles in sich aufzunehmen, was bis zu ihnen drang. Seine Stirn verschwand unter dem goldenen Kronreif ohne Edelsteine. In den perlengeschmückten Händen hielt er den Weltenapfel und das Zepter, ebenfalls aus purem Gold.

Durch den Mund Thomas' (da es natürlich verboten war, sich ohne Vermittlung eines Fürsprechers an Unseren Herrn zu wenden) informierten die Gesandten Ihn über das, was den irdischen Vampiren widerfahren war, auch wenn Ihm in seiner Allwissenheit das längst bekannt war. Die Worte des

Apostels fielen in tiefe Stille. Da konnte der Marquis de Pombal nicht länger an sich halten. Endlich, zum ersten Mal in seinem Leben, stand der betagte Vampir vor dem Angesicht des Herrn, und ihm, der schon seit Jahrtausenden für die Ehre Gottes focht, immer unter wechselnden Namen und immer auf der Flucht, ihm ging nun das Herz über. Er trat einen Schritt über die Porphyrplatte hinaus – vergeblich versuchte Thomas ihn mit herrischer Geste zurückzuhalten –, beugte noch einmal das Knie und wandte sich tatsächlich an Unseren Herrn:

»Oh Herr, Herrscher der Welten! *Quianam regnatur vampyros ursisti?* Seitdem du uns erschaffen hast, uns, deine Schuldner, haben wir für dich gestritten. Samaèl in seiner maßlosen Bosheit erinnert sich sehr wohl der Wunden und Schmähungen, die er durch uns erlitten hat. Indem du uns erschufst, hast du uns erlaubt, vom Strom des Blutes zu trinken und öden Kerkern zu entfliehen. Wir aber haben stets für dich gestritten. Entsinne dich, oh Herr, wie unser großer Bruder Carbeas unter den Mauern von Samosata in deinem Namen siegte, wie unser heroischer Chrysocheir für dich Melitene und Tefrik verteidigte! Du hast uns beigestanden, das ist wohl wahr; wir aber haben unseren Auftrag stets erfüllt. Und entsinne dich auch, oh Herr, des Geschicks unserer Brüder, die wie niemand sonst beanspruchen dürfen, Verteidiger dieser Erde zu heißen: der guten und heiligen Erde, aus der wir dank deiner Gnade unsere Kraft schöpfen. Entsinne dich, wie die Schlächter in ihrer anmaßenden Bosheit die Erde, die wir verteidigten, die schwarze Erde, mit einem kurzen Küstenstreifen vertauschen wollten, für den sie dann frevlerisch das Wort ›Heiliges Land‹ verwendeten. Und entsinne dich, wie unsere Brüder endeten, als bekannt wurde, dass die von ihnen verteidigte Erde nicht bloß irgendein elendes Lehnsgut ist, sondern die ganze Erde, diese wunderbare, blutgetränkte Scholle aus Verwesung und Geburt. Entsinne dich der Deportationen, der Foltern und Scheiterhaufen. Entsinne dich unserer Opfer, oh Herr, und lass uns Gerechtigkeit widerfahren!« Kaum hatte er geendet, schloss sich der purpurne Vorhang. Die Audienz war beendet. Die Gesandten würden die Antwort durch den Mund des heiligen Thomas erfahren.

Während sie langsam auf den Wegen des Paradieses zurückschritten, eröffnete Thomas ihnen die Antwort: »Die Menschen, meine Söhne, haben nicht mehr lange zu leben. Hättet ihr nicht eingegriffen, so war vorherbestimmt, dass die Erde in höchstens zwei, drei Jahren zerstört sein würde: daher das Zeichen am Himmel. Aus Liebe zu euch aber hat Unser Herr beschlossen, das Ende noch aufzuschieben. Vorerst wird die Herrschaft über die Welt euch übertragen, und ihr werdet sie, das ist klar, mit Macht und Gerechtigkeit ausüben. Was den Sieg über die Menschen angeht, so fürchtet euch nicht. Ihr Schicksal ist besiegelt. Ruft eure Brüder zu den Waffen, zieht gegen die Städte. Die Menschen, so zahlreich sie auch sein mögen, werden nicht die Kraft haben, sich euch zu widersetzen. Aus diesen allerhöchsten Sphären kommt schon eine verzweifelte Schwäche über sie. Gehet hin in Zuversicht, meine Söhne. Ein paar Jahre lang soll die Erde noch einmal euch gehören.« Und mit diesen höflichen Worten entließ der heilige Thomas die Gesandten.

*

Große Ellipsen waren auf die Häuserwände gemalt, darin eingezeichnet die Figuren von Skorpionen, kämpfenden Delphinen, oder Zwillinge in inniger Umarmung; oder Raubtiere mit aufgestelltem Schweif und auf die Hinterpranken erhoben, wie um unsichtbare Gegner zu bedrohen. An den Fassaden standen die Symbole der Sternbilder, und in schwankenden Spiegelungen des Äthers warfen die höchsten Himmel das Bild der niederen Sphären zurück, wo nächtlich dunkle Linien von einem Schornstein zum anderen liefen und sich über den Dächern langsam violette Rhomben bildeten, die den ganzen Luftraum der Menschen in einem farbigen Netz zusammenzogen.

Zwillinge und Raubtiere standen nah bei der Sonne und beim Mond, nah bei der Kehre der Sterne, die einander auf den Karawanenstraßen des Himmels über ihren Köpfen in regelmäßiger Folge ablösten, mit milchigem, grünlichem oder gelbem Lichthof, oder wie Mars mit rotem: Sphären in wirbelnder Bewegung, dort oben über den Bergen und über den Zirruswolken.

Über den Wolken kreisten die Sterne in einer unermesslichen Leere, die sie nicht anders zu füllen vermochten als mit ihren Emanationen und Strahlen – Buchstaben und Zahlen in das Zerfallen der Elemente zeichnend. Fernab von den höchsten Regionen zogen sie dahin mit Schatten, die aus sich allein die ewige Finsternis webten. Lichtlos kreisten dort unter Ächzen und Schreien glühende Sphären. Erkaltet und still geworden, sahen sie aus funkelnden Augen hinauf in die veränderliche, bleierne Kuppelsphäre über ihnen, die ihnen die Sicht auf den Horizont freiließ. Ab und zu tauchte ein Hohnlachen aus den Massen des Äthers, und von Zeit zu Zeit erwachten, je nach Ausdruck der Augen, unbestimmte Erinnerungen in ihnen: sonderbare Ähnlichkeiten, weshalb die Falten in den schlaffen Wangen des Alten identisch wurden mit der glatten Blässe der Epheben oder mit der geröteten Muskulatur der Dämonen. Und man wollte leugnen, gelacht zu haben, unversehens aus verborgenen Erdspalten ein Zischen hervorgelockt zu haben, das nun pfeifend aus gemauerten Kaminen fuhr, aus den vier Steinen rund um die Feuerstätte, wo rauchende Flammen loderten.

Vereinzelte Stimmen skandierten in geordneter Folge die Nachrichten vom Schicksal einiger Planeten. Dann trat fast vollkommene Stille ein; nur ein Raunen drang aus sonst stummen Zonen. Und eine Stimme sagte ruhig: »Ich habe Venus mit Saturn vereint.«

Da brach der Tumult los. Die wenigen verständlichen Stimmen aber sagten: »Es ist keine Konjunktion. Nur Venus und Jupiter treten zusammen. Saturn zieht weiter auf seiner Bahn.«

Und ein neues Licht brach aus den Zirruswolken hervor. Die Sterne taten einen Ruck in der Hemisphäre, und der Mond sank schnell bis auf die Erdoberfläche hinab und badete in den lauen Seen sein Eis; die Wipfel der Bäume wurden weiß, während die Wasser des Meeres zu Kristallen erstarrten, umsäuselt von dem Wind, den die Sterne in ihrem Dahinfliehen entfachten.

Von oben fiel eine Flut blauer Blumen herab, die aussahen wie Enzian, es aber nicht waren, denn der Enzian ist eine Heilpflanze, diese hingegen kamen von Uranus, es waren Liebesblumen.

Als die Verbrennung ihren Anfang nahm, begann das Wasser sich zu schnell zu verflüchtigen, sodass die Substanz des Aromabands zwischen den beiden vereinigten Planeten zu überfetten drohte. Zusammen mit viel eiskaltem Wasser wurden Splitter von Nephrit und Olivenholz ausgestreut, die einen Teil der Ölschicht verbrennen sollten. Auf der Oberfläche der Venus zeigten sich weiße Emailrosetten und verschiedene Goldkapseln, während aus Quellen von Feuer und Wasser Dampf strömte. Je höher der Dampf aufstieg, desto trockener wurde er.

Der Prozentanteil Fett im Aromaband begann zu sinken. Nun floss das Wasser zu langsam ab. Die Silberpatina, die sich auf dem Band gebildet hatte, wurde abgenommen, und es wurde in Bergkristall gehüllt. Durch den Zusatz von fleischigen Agavenblättern und Myrte, rotem Satin und orientalischen Perlen wurde schließlich der erwünschte Zustand erreicht.

Die Umrisse der Kugeln veränderten sich, und die bleierne Kuppelsphäre war zur Hälfte bläulich geworden, während auf Messingfolien Tausende von Lichtern glänzten. Es war keine Stille eingetreten, vielfältige Stimmen verflochten sich leise miteinander bis zu dem Augenblick, da sie frei von Lippen zu strömen begannen, die benetzt waren von Rosen- und Ysopwasser, vermischt mit Wasser und Wein. Nur einen Augenblick lang kam die eine oder andere Kugel zum Stillstand. Dann, von der Metamorphose zerrissen, verschmolzen sie alle miteinander, und der Horizont war voll von ihnen.

Da trugen auf der Erde die Granatapfelbäume Früchte, und in den Flusswindungen blühten die Anemonen. Die Gärten standen voller Gemüse; schnitt man sie an oder drückte sie bloß, verspritzen Paprikaschoten und Salat ihren Saft. Hatte es denn auf der Erde nie Früchte gegeben, kein Gemüse und keine Blumen? Oh doch! Die Erde war ewig, und mit ihr Gemüse und Blumen. Aber in diesem Augenblick hatte sie die Wiederkunft ihres früheren Herrn erkannt. Die Erde gehörte wieder den Vampiren.

III

Faraqàt lebte in einem der alten Häuser am Flussufer. Treppchen, kleine Terrassen und verwinkelte Vorbauten mit von Spinnweben verhangenen Fenstern verbanden die Mansarden und Söller der Häuser miteinander. Aus den Mauerritzen sprossen dort oben vereinzelt lange Gräser, und an den Balkongeländern standen Blumentöpfe und Kästen voller Geranien und Kapuzinerkresse aufgereiht. Faraqàt ging am liebsten in der Dämmerung aus dem Haus, kam aber bald wieder zurück. Seit ein paar Jahren hatte er einen Freund. Einen alten Vampir von Adel, der in der Krypta einer Kirche überlebt hatte, die vor zwei Jahrhunderten während einer Belagerung zerstört worden war; verzweifelte Einsamkeit hatte ihn dazu getrieben, die alte Weisheitsregel zu brechen und die Gesellschaft von Menschen zu suchen. Nicht um deren Blut zu saugen, da den Vampiren seit ihrer weit zurückliegenden Niederlage diese lebendige Nahrung vorenthalten war, sondern so wie Menschen, besonders die einsamsten unter ihnen, gelegentlich die Gesellschaft eines Tieres suchen, eines Hundes oder einer Katze, eines Zeisigs.

Armand de Périgord, so der Name, den der ehrwürdige Vampir einst getragen hatte und den er von allen am liebsten mochte, war eines Tages auf Faraqàts Dachterrasse erschienen, die er durch einen glücklichen Zufall gefunden hatte. Als der Vampir seine Krypta zum ersten Mal verlassen hatte, war eine Unzahl von Lichtern über ihn hereingebrochen – nicht nur die der Scheinwerfer und Leuchtreklamen, sondern auch auf jedem Fensterbrett brannten Hunderte von Kerzen. Duftschwaden von Wachs lagen in der Luft. Bunte Lichterbögen liefen quer über die Straßen: Es war das Fest der Madonna. Der Vampir war schon im Begriff, wieder in seinen Schlupfwinkel zurückzukehren, als er den Blick hob und entdeckte, dass in dem hellerleuchteten Viertel ein einziges Haus in seinen oberen Stockwerken dunkel, wenn auch nicht verlassen war. Man erkannte dort oben eine menschliche Gestalt.

Unter der dunklen Fensterreihe war ein großes Haustor aus blankpoliertem Holz, die Tür war angelehnt. Der Vampir zögerte nicht. Er stieß einen Türflügel auf. Nur eine Hängelampe durchbrach die Dunkelheit des Torgangs. Im Hintergrund fiel durch die Scheiben einer verglasten Tür gelb und violett ein Lichtschein vom Hof herein. Der Vampir ging zwischen den Mülltonnen hindurch, die an den Wänden aufgereiht standen, und stieß links auf eine breite Treppe, die in dichtes Dunkel hinaufführte. Papierknäuel, Gemüsereste, Fetzen von Sackleinen und Holzsplitter lagen unter wolligen Staubflocken in den Ecken der Stufen. Auf den Treppenabsätzen des ersten und zweiten Stockwerks waren Wohnungstüren aus weichem, braungestrichenem Holz mit Türknäufen aus abgegriffenem, blankem Messing. An die Türen genagelte weiße Metallschilder zeigten die Namen der Mieter an; an einer Tür im zweiten Stock standen drei verschiedene Namen. Ein Gittertor quer über die Treppe versperrte den Zugang zum dritten Stock, der völlig im Dunkeln lag. Der Vampir drückte gegen das Schloss, stieß das Gitter auf, stieg hinauf und sah, dass auf dem letzten Treppenabsatz keine Türen waren, nur zwei offene Korridore. Die Treppe war hier zu Ende.

Die tiefe Dunkelheit beruhigte den Vampir und schärfte seinen Blick. Er trat in den rechten Korridor ein und sah, dass er sich in einer kleinen Wohnung befand, vermutlich genauso geschnitten wie die auf den Stockwerken darunter. Es gab keinen Flur. Jedes der niedrigen Zimmer war mit dem anderen verbunden, die Türen waren ausgehängt. Unter den Füßen des Vampirs raschelte altes Papier, es musste Packpapier von Paketen sein, das glattgestrichen und auf dem Boden ausgebreitet worden war, denn er erkannte Bruchstücke von Anschriften darauf und Briefmarken aus verschiedenen Ländern. In sämtlichen Zimmern sah der Vampir an den Wänden entlang große, in Sackleinen oder Wachstuch eingeschlagene Ballen aufgestapelt, braune Pappkartons, Sperrholzschachteln, staubig, aber gut verschlossen, einige mit Wachs versiegelt; es gab da auch viele größere und kleinere Fässer, sorgfältig mit Kork oder Stoff verstöpselt. In dem Raum, der einst die Küche gewesen sein musste, war das Majolikabecken zwar beschädigt, hob sich aber erstaunlich sauber und glänzend von einer Fliesenwand ab, die von Wagenschmiere und Spinnweben schwarz war. Der alte Holzherd brannte: Durch die Ritzen zwischen den Metallplatten sah man die rote Glut. Neben dem Ofen führte eine Wendeltreppe aus dunklem Holz wie zu einer Kanzel in ein darüber gelegenes Stockwerk. Der Vampir stieg die blank gebohnerten Stufen hinauf, fast ohne jedes Geräusch. Am oberen Ende der Treppe lag ein winziges leeres

Zimmerchen. Eine dunkle Holztür und daneben ein schwarz-weißes Emailschild:

F A R A Q À T
Preisgekrönte Marionettenfabrik
für Schattenspiele
(Karagöz)

Aufmerksam las der Vampir die Aufschrift, dann stieß er die Tür auf. Faraqàt sah ihn vor sich auftauchen in dem weißen Mantel, den er trug, seitdem man ihn das letzte Mal so in der Krypta beigesetzt hatte. Die Erscheinung schüchterte ihn ein, aber das Gesicht des Alten strahlte eine solche feierliche Ruhe aus, und seine ersten Worte klangen so friedlich, dass er sich bald an seine Gegenwart gewöhnte. Im Übrigen legte Armand de Périgord ihm gegenüber eine derartige Geduld an den Tag, dass ihm die neue Gesellschaft geradezu angenehm wurde. Mehr verlangte der Vampir nicht. Die Nähe des lebenden Faraqàt verschaffte ihm eine Art Wohlbehagen, wie er es seit Jahrhunderten nicht mehr genossen hatte; und am Ende amüsierte er sich sogar, als ihre Zusammenkünfte eine feste Gewohnheit geworden waren und Faraqàt ihm dann mit mehr Zutrauen von der Größe und den Errungenschaften der Menschen erzählte. Im Grunde jedoch war sich der weise Vampir sehr wohl bewusst, dass diese Freundschaft – wenn man das so nennen konnte – für ihn vermutlich eine unzulässige Form der Degradierung darstellte; aber das lebendige Blut in den Adern Faraqàts übte, sobald er in seine Nähe kam und sein Pulsieren spürte, eine mächtige Anziehung auf ihn aus, der er sich nicht mehr widersetzen wollte.

So kam Armand de Périgord über ein Jahr lang jeden Abend in Faraqàts Mansarde. In seinen Gesprächen mit dem ehrwürdigen Vampir machte Faraqàt mehrmals Andeutungen über die Schattenspiele, die er zusammen mit einigen Freunden im Keller des Hauses veranstaltete. Armand de Périgord schenkte dem nie besondere Beachtung: Vor langer, langer Zeit hatte auch er an der Syrischen Küste ähnliche Aufführungen erlebt, und sie hatten ihm sogar gefallen; jetzt aber interessierte ihn mehr als Faraqàts Worte die Gegenwart seines Körpers, von dem ein unwiderstehlicher Geruch nach Blut ausging und ihm in die Nase stieg.

Unterdessen sagte Faraqàt: »Es sind nächtliche Aufführungen; das meistbenutzte Instrument, um die Bewegungen der Marionetten zu begleiten, ist ein Bündel Schnüre, die an einem Nagel aufgehängt und an denen Spiegelscherben befestigt sind. Wenn man sie schüttelt, stoßen diese zusammen und geben Töne von sich ...«

Im hinteren Winkel eines seiner Mansardenräume bewahrte Faraqàt die Bottiche für die Farbbäder auf; an die Wände gelehnt standen die Bretter aus Birnbaumholz, auf die er die Häute aufnagelte, damit sie gut ausgespannt trockneten. Er besaß viele schon fertig bearbeitete Häute, sei es von den farblosen, kaum gelblichen, sei es von denen in den vier Farben. Nur Kamelhaut war wirklich geeignet: Faraqàt erhielt große Packen von unbearbeiteten Häuten aus der Türkei, aus Syrien und dem Libanon. Er schabte sie ab, machte sie feiner und dünner, reinigte und färbte sie, stets mit guten Pflanzenfarben. Den Körper der Marionetten schnitt er aus der hellen, farblosen Haut, dann bemalte er ihn mit dem Pinsel in sämtlichen Farben des Regenbogens, wobei er die einzelnen Farbflächen in tiefschwarzer Tinte voneinander absetzte. Die beweglichen Teile aber, die Arme und Beine, die Haare, Pfeifen, Schleier und Schwerter, schnitt er aus der schon eingefärbten Haut, in Rot, Gelb, Grün oder Blau.

Wie in jeder klaren Nacht nahm er einen kleinen quadratischen Holzrahmen, zog ein Stück roter, durchsichtiger Haut darauf auf, schaltete das Licht aus und lehnte den Rahmen gegen die Scheibe des Dachfensters. Sogleich schienen durch die Haut als leuchtende Punkte die Sterne hindurch. Er befeuchtete den Pinsel und begann, ganz langsam auf der roten Haut zu zeichnen, sorgsam darauf bedacht, keine Kleckse zu machen und die einzelnen Punkte der Sterne zum Umriss einer Figur zu verbinden. In jeder der acht Scheiben des Fensters erschienen andere Sterne. So konnte Faraqàt verschiedene Figuren zeichnen, und je nach Jahreszeit jedes Mal neue. In jener Nacht nahm er sich vor allem diejenige Scheibe vor, hinter welcher der Große Wagen leuchtete. Trapez und Deichsel zeichneten sich hell auf der ausgespannten purpurroten Haut ab. So zeichnete er den Hut von Karagöz, mit Schnitzen und Spalten. Die drei dicht beisammenstehenden Sterne dienten ihm für den Umriss der Feder. Um aber den Körper und den Kopf zu zeichnen, musste er Rahmen und Fensterscheibe wechseln: Spät in der Nacht war es schon, da nahm er eine schöne, weißliche Haut und lehnte sie in ihrem Rahmen gegen die Scheibe ganz links oben, vor die Konstellation des Schwans. Er zeichnete fast bis zum Morgengrauen, wechselte viele Rahmen; den letzten, blauen, für den geschwungenen Schleier der Kurtisane, lehnte er an die Scheibe, als am Himmel nur noch der Mond und der Morgenstern leuchteten. Die Sonne überraschte ihn, als er noch mit dem kleinen Ledermesser zugange war, die inneren Linien der Figuren mit dichten, regelmäßigen Einschnitten stichelte. Kurz vor acht schlief er ein.

IV

Plötzlich aus ihren geheimen Schlupfwinkeln hervorgekommen, eroberten die Vampire nun diszipliniert eine Stadt und eine Region nach der anderen. Vom Turm der Gattelusi aus hatte die Verkündigung des sicheren Siegs alle Vampire erreicht: Schwer und unaufhaltsam hallten ihre Schritte auf dem Pflaster der einzunehmenden Straßen wider, im strengen Marschrhythmus der Eroberung.

Sie löschten die Lichterketten aus, die sich durch Ebenen und über Hügel zogen. Längs der großen Straßen zerbröckelten unter ihren Füßen Pflastersteine und Asphalt, so dass aus den Spalten und Klüften die Kraft der guten Erde bis zu ihnen empordringen konnte. Schon bald überzog nur noch ein Netz aus schlammigen Wegen und Gräben das Land.

In den Pfützen spiegelten sich des Nachts die Sterne, die Konjunktion der Planeten. Jeder Vampir brauchte nur den Blick zu senken: Aus dem Wasser leuchtete ihm das Vorzeichen seines Sieges entgegen.

Dort, wo die Vampire mit geballter Kraft über eine Stadt herfielen, bestand für die Menschen überhaupt keine Möglichkeit einer dauerhaften Verteidigung. Blitzartig und mit Macht legten die Vampirschwadronen jedes Hindernis nieder, rissen Barrikaden und Schutzstellungen ein. Jahrtausendelang hatte ihnen der Mut gefehlt, nun aber hielt kein Zweifel sie mehr auf. Jede menschliche Waffe erwies sich als nutzlos. Die Menschen hätten sie nur aufhalten können, wenn sie imstande gewesen wären, Berge emporzuheben und die Vampire darunter zu begraben. Wie ein riesiger Hammer zertrümmerte deren Kraft Granitwände und Betonblöcke. In Bialystok, Hildesheim und Avignon hatten die Menschen die alten Kanonen wieder in Betrieb genommen und schossen Steinkugeln auf die Vampire ab, was ihren Vormarsch wenigstens ein Weilchen verzögerte. Aber der Einsatz selbst der besten Todesmaschinerien war vergeblich gegen sie: Die Explosionen konnten ihnen nichts anhaben. Das Feuer schien den kompakten und unverwüstlichen Stoff, aus dem ihre Körper gemacht waren, nur zu stählen.

Viele Städte blieben allerdings fast unversehrt. Bisher waren sie nur von spärlichen Vampirtrupps ausgekundschaftet oder überflogen worden. Die Strategen der Vampire benutzten sehr alte Karten, auf denen bestimmte neuere urbane Ballungsräume noch als bescheidene Dörfer eingezeichnet waren. Die Mehrzahl der menschlichen Großstädte war verschont geblieben, oder die Vampirschwadronen hatten sich lediglich auf irgendein kleines, altes Viertel gestürzt, manchmal sogar nur auf einen Häuserblock, und hatten sich um den Rest nicht gekümmert. In Paris wurde einzig die Kirche Saint-Jacques-de-la-Boucherie unverzüglich besetzt, in Damaskus nur die Omajaden-Moschee. Andererseits hatten die Vampire Nimwegen sofort ganz eingenommen, ebenso Gnesen, Nowgorod und Eriwan.

Die Schlachtpläne des Obersten Vampirischen Rats waren weder ungenau noch verworren. Ein Stab erfahrener Strategen hatte die kriegerischen Truppen in diejenigen Städte der Erde ausgesandt, in denen der Boden eine Quelle gärender Säfte war und die Anordnung der Häuser unter der Sonne und den Sternen die geheime Architektur von Flechtwerk und Wurzeln wiederholte. Einige Städte waren ausgewählt worden, weil sie an besonders bevorzugten Orten standen, an den Ganglien beständiger Verwesung der Erdsubstanz. In anderen war ein einzelnes Viertel oder Haus ausgemacht worden, weil jene alten Gemäuer für die Nüstern der Vampire den Geruch von Blut bewahrten.

Auch nach ihrer blitzartigen Einnahme wiesen diese Städte oder einzelnen Häuser keine Zeichen der Zerstörung durch Feuchtigkeit auf, wie das von unten aufsteigende Leben sie verursacht. Sie wurden ganz im Gegenteil noch klarer und reiner. Sie waren für die Vampire bestimmt, und ihre Architektur spiegelte im Raum die kristallinen Formen der Zersetzung wider. Ganz anders hingegen das Geschick der übrigen Ansiedlungen, seien es nun Großstädte oder Dörfer. Obwohl die Vampire sie bisher kaum gestreift hatten, überzogen sich ihre blanken Metall-, Glas- und Basaltflächen an weiten Teilen mit großen Schimmel- und Fäulnisflecken, an anderen Stellen zerbröckelten sie beim bloßen Anfassen. Aber das waren nur vereinzelte, unerhebliche Vorzeichen, in vielen Städten lebten die Menschen weiter wie immer. Allenfalls bemühten sie sich, diese Schäden zu beheben und den einen oder anderen behelfsmäßigen Verteidigungsplan aufzustellen.

Nur in äußerst seltenen Fällen töteten die Vampireinheiten. Auch in den eroberten Städten waren Menschenopfer rar, zufällig. Die Anweisungen des

Obersten Rats diesbezüglich waren präzise und lauteten: die Menschen nicht töten, sie vielmehr in den schon vorhandenen unterirdischen Räumen zusammentreiben – in Kellern, Lagerräumen, Zisternen – und diese reichhaltige Blutreserve sorgfältig bewachen, sodass sie dauernd in Kontakt mit der guten, belebenden Erde bleibt. In Konstantinopel hatte sich ein bedauerlicher Zwischenfall ereignet. Kaum war die Stadt besetzt, hatte der befehlshabende Vampir, der Graf de la Motta, die gesamte menschliche Bevölkerung in der Tausend-Säulen-Zisterne einschließen lassen. Aber gleich darauf war in dem unterirdischen Verlies der Tod erschienen. Legionen von mausgrauen Grottenelfen schwärmten ihm unter dem Bosporus voraus und zogen in seinem Gefolge. Eher nörgelnd als herrisch hatte er von den Wächtervampiren den zehnten Teil der Menschenherde gefordert. Die Wächter verlangten, er solle seinen Rechtsanspruch nachweisen; fluchend hatte er in seinen vielen Taschen herumgekramt und daraus verwaschene und zerknitterte Papier- und Pergamentblätter hervorgezogen, die vielleicht einmal kaiserliche Unterschriften und Siegel getragen haben mochten. Aber vom salzigen Nass der Tränen und durch die Abnutzung längs der Faltung waren die Dokumente unlesbar geworden. Nicht ein einziges zusammenhängendes Wort konnten die Wächtervampire darauf entziffern, und sie schickten den Tod fort, ohne ihm einen Menschen auszuliefern. Der Tod zog mit seinen Grottenelfen ab, aber dann, wie nicht anders zu erwarten, beklagte er sich an höchster Stelle.

Wenige Stunden später erschienen dem Grafen de la Motta drei Engel und befahlen ihm, auf Anweisung Unseres Herrn, dem Tod den zehnten Teil auszuliefern. Widerwillig musste der Graf die Schotten öffnen und zulassen, dass die Wasser des Bosporus einen der vielen Säle der Zisterne bis unter die Decke überschwemmten und damit das gute, lebendige Blut der darin aufbewahrten Menschen vernichteten.

Als er davon Kenntnis erhielt, verfügte der Oberste Rat derart, dass ähnliche Vorfälle sich in Zukunft nicht wiederholen konnten. Der Befehl lautete, die Menschen nur in solchen unterirdischen Räumen zusammenzutreiben, deren Steinpflasterung aufgerissen und entfernt worden war. Wären die Vampire in Konstantinopel von Anfang an so vorgegangen, wäre also in der Tausend-Säulen-Zisterne kein Pflaster zwischen der Erde und den Füßen der darin verwahrten Menschen gewesen, so wäre der Tod nicht einmal erschienen. Einzig die gute Erde garantierte den Vampiren Besitz und Sieg.

*

Im ersten Morgengrauen, während die Vögel auf den Bäumen gegenüber zwitscherten, dachte Faraqàt an die große Schlacht. Wenn er aus seinem im Halbdunkel gelegenen Zimmer auf den Balkon hinaustrat, bildeten die Berge in der Ferne am Ende der Straße ein Rund aus Schnee, kaum größer als die Stadt, rings um die unmittelbar bevorstehende Schlacht. Der Straßenbelag würde aufgerissen werden, die Brücken über den Fluss würden zum Einsturz gebracht und Bäume gefällt werden, um die Kreuzungen zu sperren. Schon jetzt trug man schwere wollene Uniformen, denn der Winter war sehr kalt; außerhalb vom Zentrum blieben die Straßen nächtelang vom Schnee bedeckt, von den Hausdächern rutschten Schneelawinen herab, und es regnete häufig. Shahrìt kam fast jeden Tag. Stundenlang blieb sie auf Faraqàts Bett sitzen, und dessen Decke bewahrte ihren Duft; beim Erwachen vor Tagesanbruch bemerkte Faraqàt es mit Schrecken: Die Zeit des Wartens war wieder da.

In den ersten Momenten der Schlacht würden unter den Bogengängen der Stadt Haufen von Porphyrquadern aufgeschichtet und die Straßen mit Balken und Sandsäcken gesperrt werden. Schon waren Antivampirgruppen aufgestellt worden; die Uniformen aus dunkelgrüner Wolle, auf den Armbinden das Abzeichen mit zwei gekreuzten Hämmern, waren an Hunderte von Freiwilligen ausgegeben worden. Faraqàt trug die Uniform nie, wenn er sich mit Shahrìt traf. Untereinander sprachen sie nie über den Ausgang der großen Schlacht. Man durfte über ihr Ende nicht sprechen, auch wenn jeder für sich allein beim Erwachen vor Morgengrauen schon im Voraus sämtliche Schmerzen dieses Endes durchlitt. Man erlitt sie wie Geburtswehen, auf dem Bettvorleger kniend, der sich mit roten Striemen in die Knie grub, das Haar lastete schwer auf den Schultern wie feuchter, kalter Sand.

Die Gefahr schien nun unmittelbar bevorzustehen. In der Stadt, die fast völlig von der Außenwelt abgeschnitten war, wurde bei abendlichen Treffen von nichts anderem mehr geredet als von den möglichen Formen der Verteidigung. Die Koordination der Antivampir-Aktivitäten war dem betagten Stadtrat Moriqì anvertraut worden. Er war ein bedächtiger, konservativer Mann; er traute den Freiwilligentrupps nicht, aber er hatte keine andere Lösung vorzuschlagen und begriff, dass man wehrlos war.

Als er ein letztes Mal betrübt die Kräfte abgewogen hatte, überkam Moriqì kurz vor Anbruch der Nacht eine Angst, derer er sich nicht zu erwehren wusste, und er beschloss, den einzigen Menschen aufzusuchen, der ihm vielleicht einen Rat geben konnte. Es war dies der größte Dichter der Zeit, der sich schon seit Jahren in der Stadt niedergelassen hatte, in einem Viertel am Stadtrand.

Als Moriqì in der Nähe der kleinen Villa ankam, die der große Dichter bewohnte, war die Dämmerung schon weit fortgeschritten. Die breiten Straßen, die sich dort kreuzten, lagen verlassen da, und nur in der Ferne sah man erleuchtete Fenster in hohen Häuserblocks. Der Asphalt war rissig, voller Schlammlöcher, kaum von einer dünnen Schneeschicht bedeckt. Als er auf die Villa zuging, beschmutzte Moriqì sich die Schuhe und den Hosenaufschlag so sehr, dass es beschämend war. Am Gittertor angelangt, läutete er die Klingel, die auf einer mit einem Tulpenrelief verzierten Bronzeplatte angebracht war, und wartete lange. Da niemand kam, wagte er schließlich, das Tor aufzustoßen, und ging auf die Villa zu, in der kein Licht brannte. Nach wenigen Schritten sah er im letzten Tageslicht eine Reihe Kinder auf sich zukommen, die Masken und hohe Kegelhüte trugen, sich an den Händen hielten und herumhüpften. Ein Mädchen führte die Schar an. Moriqì wandte sich an sie:

»Guten Abend. Ist der Dichter zu Hause?«

»Ich rufe ihn gleich«, antwortete das Mädchen, während die anderen Kleinen lachten; dann lief sie mit ihren Gefährten davon.

Wenig später projizierte plötzlich eine Vorrichtung, die zwischen den Bäumen versteckt sein musste, das strahlende Bild der Propyläen der Akropolis in Athen auf die Fassade der kleinen Villa. Zwischen den Sträuchern erklang aus Lautsprechern eine einfache, rhythmische Musik, fast ein Marsch. Die zentrale Fenstertür der Villa öffnete sich genau in der Mitte der blendenden Baumassen der Propyläen, und der große Dichter erschien auf der Schwelle.

»Guten Abend, Freund Moriqì. Entschuldigen Sie den etwas hexenmeisterlichen Empfang durch meine Enkel.«

»Guten Abend, Meister. Haben Sie schon die neuesten Nachrichten gehört?«

»Gewiss. Die Vampire.«

»Ja, die Vampire«, leicht zögernd ging Moriqì auf das Haus zu. »Meister, ich brauche Hilfe. Eigentlich sollte ich die Stadt verteidigen, aber ich weiß, dass da nichts zu machen ist. Ich bin müde. Ich habe Angst. Sagen Sie mir, was ich tun soll, Meister!«

»Was sagen Sie? Ich verstehe nicht.«

Die Musik drang weiterhin aus den Lautsprechern an verschiedenen Stellen des Gartens, und machte die Verständigung schwer.

»Bleiben Sie nicht da stehen, Moriqì!« forderte der große Dichter ihn auf. »Hier können wir nicht reden. Kommen Sie herein.«

Und indem er durch die blendend weiße Tür der Propyläen schritt, betrat Moriqì das Haus. Der Dichter ließ ihn in einem Sessel aus schwarzem Steppleder neben dem brennenden Kamin Platz nehmen.

»Setzen Sie sich. Machen Sie sich doch nicht solche Sorgen. Trinken Sie ein Glas Marsala.«

Er öffnete eine Karaffe aus geschliffenem Kristallglas und schenkte Moriqì und sich selbst ein. Dann erklärte er: »Wundern Sie sich nicht über die Klänge und Visionen, mit denen Sie begrüßt wurden. Ich habe diese Anlage erst vor Kurzem angeschafft, was mir erlaubt, meine Gäste etwas würdevoller zu empfangen.« Er setzte sich ebenfalls in einen Sessel beim Kamin, und Moriqì begann wieder: »Nun, Meister? Im Namen unserer Freundschaft, einen Ratschlag!«

»Mein lieber Moriqì«, der große Dichter roch an seinem Glas und trank einen Schluck Marsala, »mein lieber Moriqì, obwohl ein Dichter, bin ich doch weder so ahnungslos in menschlichen Dingen, noch will ich so tun, als sei ich es, daher frage ich Sie nicht, warum Sie, warum alle sich dem Untergang der Stadt widersetzen wollen. Aber erlauben Sie mir, Ihnen eines zu sagen: Ich bin vielleicht die ungeeignetste Person, Ihnen in dieser Sache behilflich zu sein. Ich bin Dichter, ich lebe von dem, was zugrunde geht. Mich für das Überleben der Stadt um Hilfe zu bitten, ist die blanke Ironie oder Blindheit.«

Als er Moriqìs offenbare Bestürzung sah, setzte der Dichter hinzu: »Fassen Sie meine Worte nicht als Vorwurf auf, lieber Freund. Nein, nein, ich bitte Sie! Ich bin ja *gezwungen,* stets objektiv zu sein; auch auf die Gefahr hin, unhöflich zu erscheinen. Aber glauben Sie an meine Sympathie. Ich achte diejenigen, die mich achten! Das sind keine leeren Worte: Sie haben mich gebeten, Ihnen zu helfen, und ich werde Ihnen helfen.«

»Danke, Meister. Sie lassen mich hoffen.« Der große Dichter nickte. Eine Zeit lang herrschte Schweigen, dann sagte er: »Ja, lieber Freund. Worum Sie mich da bitten, ist freilich schwer mit meinem Gewissen zu vereinbaren. Da Sie kein Dichter sind, werde ich Ihnen ein Geständnis machen müssen.«

Moriqì fühlte, wie ihn die Hoffnung verließ. Er war gekommen, um den großen Dichter um konkrete, sofortige Hilfe zu bitten, und nun sollte er sich ein Geständnis anhören. Andererseits konnte er jetzt nicht mehr zurück.

»Lieber Moriqì«, fuhr der große Dichter nach einem langen Schweigen fort, »seit vielen Jahren, seit dem Tag, an dem ich, sechzehnjährig, das erste Gedicht schrieb, das diesen Namen verdient, bringe ich mein Leben vor einem Antlitz zu, das von unter der Erde kommt. Im Augenblick ist es mir fast unsichtbar, aber ich weiß, dass es anwesend ist.«

Der große Dichter schwieg. Moriqì wagte nicht, ihm ins Gesicht zu sehen, da er fühlte, dass er sich voller Angst und Mühe anschickte, ein Geheimnis preiszugeben.

Die Stimme des großen Dichters bebte leicht, als er fortfuhr: »Aber wenn ich so zu Ihnen rede, werden

Sie nichts verstehen. Ich will also aufrichtiger sein. Mein erstes Gedicht schrieb ich, um einem Mädchen zu gefallen, sie sollte mich bewundern und lieben; ebenso alle weiteren Gedichte meiner Jugend. Wenn ich schrieb, fragte ich mich in jedem Augenblick, ob meine Worte ihr recht wären. Ihre Zustimmung war meine Gewissheit. Als ich den Mut fand, sie zu bitten, mich zu lieben, antwortete sie mir mit nein. ›Lassen wir es dabei‹, sagte ich da, ›es ist schöner so.‹ Und zwischen uns war eine tödliche Identität, denn da ich sie nicht zwingen konnte, mich zu lieben, setzte ich meine Kunst, die sich in mir heranbildete, dazu ein, mich in ihr zu zerstören und sie so zu besitzen. Es kam so weit, dass ich mich zerstörte; und als mein Ich ganz offen war, als es seine Form verlor, um reine Öffnung zu werden, da spürte ich, dass ich einem Etwas ins Gesicht sah, das nicht mehr sie war, nicht mehr die Geliebte, sondern ein tödliches Bildnis, das mich an sich zog, voller Schönheit, in das ich mich versenkte, in dem ich nicht mehr war.«

Der große Dichter schwieg. Er atmete schwer, wie nach schnellem Laufen. Als er sich dann etwas beruhigt hatte, fuhr er fort: »Da war Finsternis zwischen uns. Und seitdem hat *das Antlitz* mich nicht mehr verlassen. Immer noch schön, immer noch tödlich, steht es noch heute vor mir. Immer noch und immer wieder vernichte ich mich in ihm.«

Moriqì schwieg. Er zuckte zusammen, als der große Dichter sich noch einmal, und zwar diesmal lebhaft an ihn wandte: »Sie verstehen, Moriqì, dass die Fermente, die die Lust des Vampirs ausmachen, für mich nichts Abstoßendes haben können. Aber dennoch will ich Ihnen helfen. Meine Hilfe soll prompt, konkret und wirksam sein.«

Der große Dichter ging und setzte sich an seinen Schreibtisch, nahm ein weißes Blatt Papier aus einer Schublade, legte es vor sich hin, schraubte den Füllhalter auf, nahm ihn fest in die rechte Hand und wartete. Es war noch keine Minute vergangen, als Moriqì die Fenstertür aufgehen hörte; er wandte sich um und sah einen hochgewachsenen, hageren Mann in der braunen und olivgrünen Tracht der Ritter vom heiligen Stefan auf der Schwelle stehen. Moriqì erhob sich und verneigte sich vor Astaròth Samaèl; er fürchtete sich. Der große Dichter aber wandte sich mit barscher Vertraulichkeit an ihn:

»Exzellenz, Sie wissen bestimmt längst alles. Wie können wir die Menschen dieser Stadt retten?«

Astaròth Samaèl verharrte ein wenig nachdenklich, dann sagte er: »Mien amy, Ihr denkt vermutlich – und sehr zu Recht –, dass ich mit Unserem Herrn nicht vollkommen einverstanden bin, wenn Er die Erde den Vampiren anvertraut. Aber schließlich hat Er das Sagen. Ich kann Euch allerdings einen Rat geben. Ihr oder der Herr da«, und dabei deutete er auf Moriqì, »kennt bestimmt einen Bewohner Eurer Stadt des Namens Faraqàt, der in einem Keller am Fluss Schattenspiele veranstaltet, die mich außerordentlich ergötzen und von denen ich sicher bin, dass sie auch bei Unserem Herrn Gefallen finden würden. Beauftragt den Sieur Faraqàt, ein Schauspiel zu veranstalten, das Unsern Herrn günstig stimmt. Redet ihm zu, dass er es macht! Unser Herr ist ziemlich empfänglich für diese Art von Huldigungen. Vielleicht überlegt Er es sich noch einmal, wenn Er die wunderbaren Schatten betrachtet hat, die eigens für Ihn heraufbeschworen werden.«

Der große Dichter nickte beipflichtend. Dann, nachdem Samaèl sich in aller Form verabschiedet hatte, wandte er sich an Moriqì: »Ich werde es übernehmen, Faraqàt zu benachrichtigen. Samaèl hat immer recht. Seien Sie nur ganz unbesorgt. Ich zweifle nicht daran: Wenn Faraqàt rechtzeitig eine Aufführung veranstalten kann, die Unsern Herrn günstig stimmt, dann ist die Stadt gerettet, vielleicht die Welt der Menschen überhaupt ... Bleiben Sie ruhig und warten Sie ab. Es wird jedoch gut sein, wenn wir Dichter schon jetzt mit unserem Gesang das Wohlwollen Unseres Herrn für diese unsere Stadt erflehen. Auch wir haben gute Beziehungen zu den Mächten der Finsternis, und da zählt kein Vampir mehr, wenn wir Dichter bei Unserm Herrn droben Gehör finden.«

»Das könnten Sie tun, Meister?«

»Aber gewiss doch.«

Der große Dichter setzte sich wieder an seinen Schreibtisch, schrieb rasch fünf Briefe, versiegelte sie und übergab sie einem Diener.

Fünf Tauben flogen von der Villa aus. Eine Stunde später hielten fünf Dichter die Botschaft aus der bedrohten Stadt in Händen. Auf jedem Blatt stand geschrieben:

Lieber ...,

da ich Dein Ansehen im Himmel und auf Erden kenne, bitte ich Dich, mit uns in einen Gesang einzustimmen, der die Vampire aus meiner Stadt vertreiben soll. Beginne also Deinen Gesang heute Abend um 20.30 Uhr. Ich werde Deinem Beispiel folgen, ebenso wie vier weitere Kollegen. Danke.

Als nur noch eine Viertelstunde zum vereinbarten Zeitpunkt fehlte, zog jeder der sechs Dichter einen kleinen Schlüssel aus der Tasche, öffnete eine Schublade seines Schreibtischs und zog eine flache, silberne Flasche heraus.

Sechs Flaschen wurden fast im selben Augenblick von sechs Dichtern entstöpselt; einen Moment später ergossen sich sechs Bäche Schnaps in sechs Kehlen.

Um 20.30 Uhr war jeder der Dichter an der Schwelle zur Trunkenheit, die den Gesang begünstigt. Und, um der Wahrheit die Ehre zu geben, die ersten Verse flammten wie Blitze am dunklen Himmel Europas auf:

Jenseits aller Meere und der fernen Grenzen der Erde,
am Ursprung der Nacht und der weiten Himmelssphären
liegt der alte Garten Apollons.

Aber nach den ersten Versen befiel eine schwere Schläfrigkeit die Sänger; die Stimmen versagten, die Worte schlüpften leicht und wirr dahin, das Gestammel verebbte schließlich in einem langgezogenen Brummen. Dann verstummten die Dichter nach und nach ganz, wie Leuchttürme, die einer nach dem anderen ausgehen unter dem unermesslichen nächtlichen Himmelszelt.

Moriqì, der dem Rausch seines Dichters beigewohnt hatte, verließ bestürzt die Villa.

IV

Spät in der Nacht trafen sich Faraqàt und seine Gefährten mit dem großen Dichter im Eingang des alten Hauses, um das Schauspiel zu proben, das Gott günstig stimmen sollte. Sie zündeten ihre Kerzen an und stiegen lange, staubige Treppen hinunter bis in das Kellergeschoss, wo die Vorstellungen des Schattenspiels stattfanden.

An den Wänden des Hauptkorridors waren Petroleumlampen und Kerzen angebracht. Die zündeten sie ebenfalls an und entrollten die Leinwand; dann öffneten sie die schwere, bunt bemalte Tür eines Kellerraums.

Dort wurden die Instrumente aufbewahrt: eine Trommel, eine Mundharmonika, altes Metallräderwerk, das kreischende Töne hervorbrachte, Glasröhren und Tongefäße, die mit den Trommelstäben angeschlagen wurden, ein Bund Schnüre, an deren Enden leise klirrend Spiegelscherben hingen.

Der große Dichter wollte sich die Probe ansehen; er setzte sich also als einziger Zuschauer hin, während sich Faraqàt mit zwei Gefährten hinter die Leinwand zurückzog und zwei weitere sich in dem Kellerraum mit den Instrumenten einschlossen, um auf ihnen zu spielen. Das Licht hinter der Leinwand wurde sehr viel stärker: Rechts und links auf der hellen Leinwand traten deutlich die roten und grünen Schatten von zwei paradiesischen Rosensträuchern hervor. Ein Trommelwirbel, begleitet von Knarren und hellem Geklingel. Von rechts trat ruckend die Figur auf, die Faraqàt die meiste Arbeit gekostet hatte: Es war Hacivat, schwarzer Spitzbart und grüne Weste mit roten Herzen darauf. Trällernd kam er näher, dann, in der Mitte der Leinwand angelangt, blieb er stehen und stieß einen langen, modulierten Schrei aus. Sodann sprach er feierlich die Widmung:

Schau, oh Weiser, mit Augen, die das Wahre suchen, und betrachte die Himmel,
wo die Leinwand des Schattenspiels aufgerichtet ist.
Betrachte, was der große Schattenspieler, der hinter der Leinwand ist,
dir an Schatten zum Schauspiel bietet.
Es sei zu unseren Gunsten.
Betrachte diese Geisterleinwand und bedenke:
Der sie aufgestellt hat, kann sie stets vernichten,
und was bleibt, ist doch stets er.

Hacivat verschwand. Das Licht hinter der Leinwand wurde schwächer, und von links trat hüpfend Karagöz auf, buckliger Rücken, den Hut mit einer Feder und Kokarden geschmückt, eine Laterne ohne Licht in der Hand. Er lief nachts durch die Stadt, hatte ein Geldstück verloren, verfluchte die Dunkelheit. In dem Kellergewölbe hallte seine Stimme tief mit schwingenden Echos wider. Die Trommel setzte plötzlich wieder ein und ahmte Laufschritte nach. Hacivat stürmte auf die Szene: »Lauf weg, lauf weg!« schrie er. Aber Karagöz fluchte weiter, weil seine Laterne kein Licht gab. Im Laufen stieß Hacivat ihn an, und die Leinwand wackelte. Erst da schien Karagöz ihn zu bemerken und hob den Kopf: »Du ruinierst die Leinwand«, sagte er ernst, »ich rufe den Puppenspieler.« Hacivat sprang aufgeregt vor und zurück: »Lauf weg, lauf weg, sie kommen!« – »Aber wer denn?«

Die Antwort gab Karagöz ein großer, formloser schwarzer Schatten, der mit Getöse auf die Leinwand sprang, während ein Geschrei losbrach: »Vampire! Vampire!« Einer über den anderen stolpernd, liefen Hacivat und Karagöz davon; auch der schwarze Schatten verschwand. Und wieder leuchteten auf der leeren Leinwand heiter die Rosenstöcke. Und wieder wurde das Licht heller. Dann schien die Leinwand sich mit Schwarz zu überziehen: Feierlich schwankend, hatten die dunklen und türkisgrünen Gestalten der Vampire sie ganz eingenommen. In dem geschlossenen Kellerraum klirrten pausenlos die Fenster. Es war ein Durcheinander von Flügeln, Zähnen und langen Schnurrbärten. Die Vampire sprachen nicht miteinander, sie grunzten. Schließlich stellten sie sich ordentlich in einer Reihe auf, Schulter an Schulter. Der größte von ihnen, dessen Zähne bis zum Gürtel hinabreichten, sprang nach vorne und sagte:

Nun feiern wir das Opfer
der Schönsten, das antike Opfer,
wohlgefällig der Schwarzen Aurora.

Er schwenkte ein Messer:

Die Schönste der Welt, wo ist sie?
Wo ist die süße Schwester?
Es will sie die Schwarze Aurora ...

Ein Getöse brach los. Zwei Vampire traten auf; sie schleiften den gefesselten Karagöz mit sich, und Karagöz kreischte: »Ich bin nicht die Schönste! Seht ihr denn nicht, dass ich einen Bart habe? Lasst mich los, ihr Hundesöhne! Lasst mich los, ihr Affen!«

Die versammelten Vampire empfingen ihn mit erhobenen Händen und Messern und sangen:

Da kommt sie, die Schönste!

Die Umrisse auf der Leinwand fielen leblos in sich zusammen, und Faraqàt trat hervor. »Für heute Abend machen wir hier Schluss. Im nächsten Aufzug soll die Schwarze Aurora auftreten, aber dazu müssen wir uns erst noch das Nötige beschaffen. Morgen ist alles fertig.«

Der große Dichter beglückwünschte ihn. Dann machten sie sämtliche Lichter aus und stiegen im Gänsemarsch die Treppe hinauf.

Das Automobil wartete am Haustor auf den großen Dichter. Nachdem er sich mit weiteren Ausdrücken des Lobes von Faraqàt verabschiedet hatte, stieg er ein und befahl dem Fahrer, ihn unverzüglich zum Erzbischöflichen Palast zu bringen. Der Wagen konnte die verschiedenen Antivampir-Straßensperren, die an den Hauptstraßen schon errichtet waren, ohne Schwierigkeiten passieren: Es genügte, dass der große Dichter sich am Wagenfenster zeigte. Schließlich kam er in der Stadtmitte vor dem dunklen Palast des Erzbischofs an. Der große Dichter stieg aus und lief behände die Stufen zwischen den Säulen hinauf. Priester eilten herbei, verneigten sich vor ihm und führten ihn bis zur Privatkapelle des Kardinal Erzbischofs.

Der Kardinal saß auf einer Bank. Auf dem erzbischöflichen Thron saß der Apostel Thomas. Auf Befehl Unseres Herrn war er in der Stadt erschienen.

Der große Dichter bekreuzigte sich, dann beugte er sein Knie bis zur Erde. Der heilige Thomas lächelte ihm zu und streckte ihm die Rechte zum Kuss entgegen. Dann sagte er: »Werter, großer Dichter! Unter den vielen Geschäften, mit denen Unser Herr mich in dieser Nacht betraut hat, ist das Gespräch mit Ihnen gewiss das angenehmste. Die Ereignisse drängen, und ich kann Sie nicht bitten, für mich – so wundervoll, wie Sie das verstehen – Ihre letzten Dichtungen ertönen zu lassen. Ich habe Ihnen hingegen eine Frage zu stellen. Hören Sie mir zu. Unser Herr weiß, dass Sie seit Ihrer Jugend Ihren Blick in das antike Antlitz der Gorgo versenkt haben. Wir alle dort oben, und Unser Herr als Erster, sind uns wohl bewusst, welche Macht Sie auf diese Weise erlangt haben. Gewisslich die Macht, dem Tod zu entrinnen, wie er sonst bei den Menschen üblich ist: Sie kennen mittlerweile einzig den Tod, der von dort ausgeht, von jenem Antlitz.«

Der große Dichter schien tief gerührt, schwieg aber weiterhin. Thomas fuhr fort: »Nun, und das wissen Sie bestimmt, diese Ihre einzigartige Macht verträgt sich schlecht mit dem Schicksal, das den Menschen beschieden sein wird, nachdem Unser Herr beschlossen hat, den Vampiren die Herrschaft über die Erde wiederzugeben. Wenn die große Schlacht zu Ende ist, wird das Leben der Menschen arm an Würde und nichts als leere Dauer sein. Aber Sie, der Sie so viel vermögen, Sie werden, obwohl Sie Mensch sind, dieses schmähliche Schicksal nicht erleiden. Sie bleiben ein souveräner Mensch. Ist das rechtens? Zweifellos steht es in schmerzlichem Kontrast zu den Anordnungen Unseres Herrn. Unser Herr bietet Ihnen also einen Ausweg an: Er bietet Ihnen an, Heiliger zu werden. Wenn Sie annehmen, werden Sie kein Mensch mehr sein; Ihr glückliches Fortleben in voller Souveränität auch nach der großen Schlacht stört also in nichts die Ratschlüsse Unseres Herrn.«

Aus einer scharlachroten Maroquinlederschachtel, die mit türkisblauem Atlas ausgeschlagen war, zog der heilige Thomas eine große, goldene Aureole und zeigte sie dem großen Dichter.

»Hier, dies befiehlt Unser Herr mir, Ihnen zu überreichen. Es genügt, dass Sie annehmen, das geweihte Insigne zu tragen, und nichts steht dem göttlichen Erlass mehr entgegen.«

Bei diesen Worten lächelte der große Dichter zum ersten Mal. Dann sagte er:

»Hochverehrte Eminenz, das Angebot Unseres Herrn schmeichelt mir und ehrt mich. Ich wäre stolz, Sie Vetter nennen zu dürfen. Aber leider kann ich nicht annehmen. Als ich noch als Knabe meinen Blick für immer ins Antlitz der Gorgo versenkte, musste ich geloben, einzig dieses Antlitz zu verehren. Nähme ich den wunderbaren Glorienschein der Heiligkeit an, müsste ich jeden Abend vor dem Einschlafen meine Gebete verrichten – ich weiß, dass das Vorschrift ist – und würde meinem jugendlichen Schwur untreu werden. Sie werden mir verzeihen und wollen bitte bei Unserem Herrn Verzeihung für mich erwirken.«

Deutlich malte sich Enttäuschung auf dem Gesicht des heiligen Thomas ab.

»Aber werter Freund«, sagte er, »Sie, der Sie in einem so guten Verhältnis zu Unserem Herrn stehen, verehren Sie Ihn etwa nicht?«

»Oh nein!« antwortete der große Dichter. »Und im Übrigen, mit Verlaub gesagt, Sie wissen das sehr wohl. Ich bin ein Freund Unseres Herrn und achte Ihn, bin Ihm aber nicht ergeben.«

»Wenn das so ist«, entgegnete ihm der Apostel, »dann will ich Ihnen etwas enthüllen. Im Paradies haben wir einige Heilige, die genau wie Sie in ihrer Jugend dem Gorgonenhaupt die Treue schworen; ich nenne Ihnen hier nur den heiligen Balaam und den heiligen Nikephorus. Und doch, als der Herr ihnen die Aureole anbot, zögerten sie nicht, sie anzunehmen. Und im Übrigen: Niemand im Paradies würde es wagen, die geheimen Gedanken eines Heiligen erforschen zu wollen. Die Heiligen, die ich genannt habe, können in ihrem Herzen ohne Weiteres dem jugendlichen Schwur treu bleiben, aber das Gesetz ist gewahrt. Auch Sie könnten es so halten, und gewiss würde niemand etwas dagegen einzuwenden haben.«

»Verzeihen Sie«, sagte der große Dichter, »aber schon auf der Erde ist es vorgekommen, dass ich Ergebenheit heucheln musste, und ich möchte das nicht im Paradies in alle Ewigkeit tun müssen.«

»Ja, ja ...«, erwiderte der heilige Thomas ironisch, »Sie gehören zu denen, die im Paradies den Seelenfrieden finden wollen. Wir können Sie nicht zwingen, die Heiligkeit anzunehmen. Aber denken Sie daran, dass von nun an keine Freundschaft zwischen uns mehr sein kann. Sie Gotteslästerer! Sie widersetzen sich den Plänen Unseres Herrn! Sie sollen wissen, dass die Schlacht nun auch gegen Sie geht; und die Waffen Unseres Herrn sind mannigfaltig.«

Der große Dichter verabschiedete sich mit einer Verbeugung, worauf der heilige Thomas mit einem Kopfnicken antwortete; dann verließ er den erzbischöflichen Palast unter ehrerbietigem Gruß der Priester, denen seine Lage als Verbannter noch nicht bekannt war. Er stieg ins Automobil.

Tiefe Nacht; wegen der bevorstehenden Schlacht waren die Straßen des Stadtzentrums fast völlig leer. Nur auf den Plätzen sah man Menschen, die Barrikaden errichteten. Der große Dichter fuhr quer durch die ganze Stadt heim in seine Villa. Im Stillen überdachte er noch einmal die Worte des heiligen Thomas, und obwohl er sich die Bedrohung nicht verhehlte, fühlte er sich doch noch sicher. In seinem Arbeitszimmer angekommen, setzte er sich an den Schreibtisch und ließ Stille einkehren, das *silentium*. Sodann nahm er den Telefonhörer ab und rief die allen Auserwählten wohlbekannte Nummer der Gorgo an. Nach ein paar Tut-Tut vernahm er, verzerrt durch das Telefon, ein sehr lautes Gebrüll; dann Stille. Die Gorgo hörte zu. »Aaaah!« schrie der große Dichter, wie um »Hallo!« zu sagen. Dann sprach er langsam mit fester Stimme, Silbe für Silbe: »Gib-mir-Glau-ben«. Aber Stille antwortete ihm. Er hatte das schon erwartet: Mehr als einmal im Leben hatte er die Gorgo um ein Zeichen gebeten, und stets hatte sie auf diese Bitte hin geschwiegen. An besonders trüben Tagen war er sogar so weit gegangen, kindische Rituale zu veranstalten, um ein Vorzeichen zu erzwingen; vor dem Einschlafen hatte er einen Bleistift auf den Schreibtisch gelegt, der auf den Leuchter zeigte. Er bat um ein Zeichen: dass der Bleistift am nächsten Morgen in eine andere Richtung weise. Und stets hatte die Gorgo geschwiegen, um sich immer dann kundzutun, wenn er selbst an seiner Erwähltheit keinen Zweifel hegte.

Der große Dichter legte den Hörer auf. Stille. Nicht mehr sprechen und nicht mehr hören. Das wollte er, als ob plötzlicher Schlaf ihn überkäme, so dass er das Licht in den Augen, den Schweiß an den Händen nicht mehr spürte.

Er nahm ein weißes Blatt aus der Schublade, zog den Füllhalter aus der Innentasche seiner Jacke und nahm zwei kräftige Schluck Schnaps aus der silbernen Flasche. Dann begann er zu schreiben:

Il se pavanait brûlant sur son piano, du côté de la pluie, il regardait d'un œil rajauni les gouttes vertes et roses qui tombaient sur son tableau, l'Enfer qui rouvrait ses miroirs, entrefeuilles, charmes des vieillesses aboyant aboyant aboyer aboyer aboyer à la mort à la lune.

Der Alkohol wirkte zu schnell, etwas anderes brachte er nicht mehr zustande. Vielleicht war dies das Zeichen, das die Gorgo ihm sandte, um ihn zu bestätigen.

Die großen Stadtrandviertel ringsum lagen im Dunkeln. Schwankend stand er auf und trat ans Fenster. Dunkelheit und Wind; die Pfützen im Asphalt kräuselten sich unausgesetzt. In diesem Augenblick machten die Vampire sich vermutlich daran, die Stadt einzunehmen. Das Ende nahte. Mit einem Mal bemerkte der große Dichter, dass er dachte wie ein Mensch. Für einen großen Dichter wäre die Stadt ewig; nun aber spürte er das nahende Ende. Auf dem Fensterbrett lag Staub, und er machte sich den Jackenärmel schmutzig.

Aber die Täuschung seines müden und erregten Geistes dauerte nicht lange. Hoch am dunklen Himmel sah der große Dichter eine riesige Sphinx aus grauem Zement, die plötzlich goldgelb aufleuchtete.

Dann richtete Pegasus sich unter den Sternen hoch auf seinen Hinterbeinen auf. Bleich sah man das Haupt der Gorgo in der Hand des Perseus. Der große Dichter schlug die Augen nieder. Er hatte keine Angst und verspürte auch nicht das Bedürfnis, sich in Sicherheit zu bringen, aber in ihm wuchs die Abscheu vor der Schlacht, er wollte die beschauliche Ruhe, die allein er sein eigen nannte.

Er trat wieder an den Schreibtisch, nahm den Telefonhörer ab und wählte sorgsam die Nummer der Hölle. »Hallo!« rief Samaèl von jenseits der vielen Meere, und der große Dichter sagte: »Exzellenz, nur aus einem sehr schwerwiegenden Grund erlaube ich mir, mich an Sie zu wenden. Ich bin von Unserem Herrn bedroht. Wollen Sie Ihren Milizen Anweisung geben, ich bitte Sie darum, meine Wohnung zu beschützen.«

»Unverzüglich«, antwortete Samaèl, »ich stelle sofort die vier Dämonen, die am nächsten bei Ihnen sind, zu Ihrem Dienst ab.« Und schon nach wenigen Minuten sah der große Dichter vier kleine Schatten an der Haustür auftauchen und dort Wache beziehen.

Er war unterdessen wieder zu Kräften gekommen. Er griff noch einmal zum Telefon und rief den Obersten Vampirischen Rat in Krakau an. Kurz darauf sprach der große Dichter mit dem Marquis de Pombal.

»Exzellenz«, fragte er ihn, »muss man als Vampir irgendeinen Gott verehren?«

»Nein, nein, lieber Freund«, antwortete der Marquis, »die Vampire sind Freunde und Bewunderer Unseres Herrn. Aber keine Devotion, keinerlei Kult!«

»Sehr gut, Exzellenz. Sagen Sie mir also: Könnte ich Vampir werden?«

Der Marquis de Pombal war begeistert.

»Aber sicher, lieber Freund. Wenn Sie wollen, sind wir bereit, Ihnen zu helfen. Sie lieben, was wir lieben.«

»Also will ich!«, sagte der große Dichter.

»Das allein würde schon genügen«, erwiderte der Marquis. »Aber jetzt werde ich auch die rituelle Formel sprechen:

Aus Blut ist, was drunten sich verbirgt
in den Abgründen des Erschaffenen.
Blut wirst du trinken!, wie jeder, der begehrt,
in diesen vollkommenen Zustand einzutreten,
da sich in deinem Herzen nach Flügeln und nach Zähnen
sanftes, reines Verlangen regt.
Vampir seist du! Von deinem Namen sei die Schar
neuer Vampire, fruchtbar allezeit.«

Im gleichen Augenblick fühlte der große Dichter, wie ihm an den Schultern große Flügel wuchsen und vier lange Zähne aus seinem Zahnfleisch. Er wollte sich im Spiegel betrachten, aber er konnte keine Veränderung feststellen. Allerdings bemerkte er, dass seine Züge größeren inneren Frieden ausdrückten.

Zur Sicherheit wollte er die vier Dämonen, die draußen Wache hielten, noch nicht fortschicken. Und während er, ganz in sein Schaffen versunken, die folgenden Verse improvisierte:

Der Tag verschwand, es nahm der dunkle Äther
den Lebewesen allen auf der Erde
die Lasten ab, und ich allein nur musste
mich vorbereiten zu dem schweren Kriege
der Wanderung und auch zugleich des Mitleids;
ihn wird Gedächtnis, das nicht irret, schildern.

hörte er draußen auf den Stufen seiner Villa die vier Dämonen singen, um sich die Zeit der Wache zu vertreiben. Der eine stimmte an:

In beiden wächst das Liebesverlangen;
Mirtillo drückt die süßen Brüste,
Margerita umarmend, die ihm
auf seine Schenkel den schönen Hintern setzt;
und er, wie die Doktoren sagen,
führt' ihn ihr von hinten ein.

Und ein anderer improvisierte:

Und ohne Zeit zu verlieren, der Lydia
die Röcke hebend, legt er im Licht des Tages bloß
ein Paar Schenkel, wie ihresgleichen Phidias

nicht schuf, und einen Bauch, geziert von goldnen Fäden;
sie lächelt, und der gute Cecco wie gewöhnlich
knöpft flugs den Hosenlatz sich auf.

Der dritte fuhr fort:

Den Bauch nach oben, streckt' sich da Amina,
aber erst ließen sie sie die Hosen ausziehn;
dann, die Schenkel hebend ...

Der vierte Dämon begleitete die anderen mit dem Refrain:

Denn wenn den Liebesreigen er tanzen musst'
war solcher Brauch sein' größte Lust.

Ruhig geworden, sah der große Dichter einen Moment lang auf die Verse, die er eben gedichtet hatte, dann fuhr er in seinem Schaffen fort:

O Musen, hohe Kunst, nun wollt mir helfen!
Gedächtnis, das geschrieben, was ich schaute,
hier soll sich deine Vornehmheit erweisen!

VI

Welches Schiff ist das? Und warum muss es auf einem Schiff beginnen, auf dem Wasser? Warum, frage ich, muss alles Geschriebene und jede Reise nunmehr so beginnen, fern von der Stadt und denen, die sie bewohnen, fern von den Jahreszeiten, fern vom Land?

So beginnt es nicht in der Morgendämmerung, sondern zu einer Stunde, die dem Sonnenuntergang ähnelt. Die ersten Worte sind schon gefallen, es hat begonnen. Ist hervorgegangen aus Meeresstrudeln, ist unerhörter Name, dann Klang und Gestalt. Shahrìt, in der Faraqàt eine dunkle Schwester erkannte. Zwischen ihnen hatte sich eine Gemeinsamkeit herausgebildet; beide blickten sie in ein Antlitz, das des Morgens erschien, fürchterlich anzusehen im Wind, und zu diesem Antlitz unterhielten sie beide, jeder für sich, eine innige Beziehung.

Am Nachmittag, als Faraqàt aufwachte, kam Shahrìt zu ihm in das alte Haus am Flussufer. Aber sie wollten dort nicht bleiben; sie stiegen die Treppen hinunter zwischen Wänden, gestrichen mit einer gelblichen Farbe, die im Halbschatten dunkel wirkte. Auf jedem Treppenabsatz führten Türen auf die Balkone im Innenhof, und in ihren Metallrahmen saßen trübe Glasscheiben, geädert von Dunkelheit.

Eine Glaskugel hing unter dem Gewölbe des Hauseingangs; in den Ecken ließ das nachmittägliche Licht die Mauervorsprünge, die Blasen und Verkrustungen des Anstrichs hervortreten. Von den Kellergittern am Ende des Steinfußbodens strich ein kalter Luftzug, voll modrigen Staubgeruchs.

Staubfäden standen in den Sonnenstrahlen, die bis in den Hof hereinfielen. Die Straße, an der das Haus lag, war kurz und gerade; nach ungefähr zehn Häuserblocks gelangte man ans Flussufer, und weiter drüben, dort hinten jenseits des Flusses, stand der Hügel, der aus dieser Entfernung aussah wie dicht mit Büschen und Gestrüpp bewachsen.

Einige Jahre zuvor war Faraqàt, damals noch ein Junge, in den Park gekommen, der sich gegenüber vom Hügel am Flussufer entlangzog, um von einer Bank aus einen Baum in den vier Jahreszeiten zu zeichnen. Es waren die letzten Wintertage damals; die Bank war feucht von Raureif, und der Baum – ein eben erst gepflanztes Bäumchen – trug nur wenige, fast kahle Zweige an einem Stamm, der von zwei Pflöcken gestützt wurde. Am Nachmittag hatte Faraqàt mit großer Sorgfalt jeden einzelnen Zweig und jede Knospe mit schwarzem Bleistift auf ein raues Blatt Papier gezeichnet. In ein paar Monaten würde er wiederkommen, um den Baum im Frühling zu zeichnen.

Nun durchquerte er mit Shahrìt ohne Hast den Park, ging über die Brücke, direkt auf den Hügel zu. Der Hügel war ein fast unbekannter Ort, den zu erkunden einem das befriedigende Gefühl des Erwachsenseins gab. Faraqàt hatte schon öfter Liebespaare die Wege herabkommen sehen und dann die kurvenreiche Asphaltstraße entlanggehen, die in die Stadt führte. Nun ging er mit Shahrìt dieselbe Straße hinauf.

Sie gingen ziemlich schnell. Ab und zu überraschte Faraqàt sich dabei, wie er auf das Geräusch ihrer Schritte lauschte, das lächerlich klang, weil es so regelmäßig war wie ein Marsch. Sie kamen auf den Hügel, um nach einer vor Blicken geschützten Stelle im Gras zu suchen.

Faraqàt lag am Boden ausgestreckt, ohne sich umzudrehen oder sich bequemer hinzulegen. Die Augen, die ihm zu brennen begannen, hielt er geschlossen, und er versuchte, die gerunzelte Stirn zu entspannen. Er starrte in die dunkle Masse, in der Hoffnung, dass der von den geschlossenen Lidern zurückgehaltene Blick bald in den Schlaf hinübergleiten würde. Aber immer wieder waren seine Gedanken darauf konzentriert, in den farbigen Ringen und Punkten, die er vor sich sah, sobald er sich dem Licht zuwandte, bekannte Formen auszumachen.

Am Himmel waren ein paar Vögel vorübergeflogen, ohne dass es ihn aufgerüttelt hätte, während von der Erde her kein Laut, kein Ruf kam; Faraqàt fühlte sich nur ganz erfüllt von dem Verlangen, völlig regungslos in diesem Moment dort zu verharren, ohne dass das Licht schwächer würde.

Weite Flächen am Himmel leuchteten noch hell, und die dunkle Welt der Weingärten auf dem Hügel nahm im Widerschein dieses abendlichen Wetterleuchtens Abschied. Auf der Grasfläche rührte sich kein Blatt. Unter dem wolkenlosen Himmel hatte jeder Grashalm einen zarten, scharf umrissenen Schatten. Faraqàt wandte sich an die Frau, die neben ihm am Boden lag. »Bleiben wir noch?« fragte er. Aber die Frau schlief. Faraqàt verscheuchte eine Ameise von ihrem Arm.

Die Buchsbaumsträucher mussten noch warm sein von der Sonne. Er riss einige staubige Blätter davon ab; mit ihnen zwischen den Fingern machte er ein paar Schritte auf die Straßenböschung zu, an der die ebene Fläche endete. Das letzte Sonnenlicht traf auf die dunstige Luft, die über den Hügeln lag. Von diesem Licht gestreift, warf der Sand auf der Straße dunkle Reflexe in fahle Böen, die in der Ferne über Baumwipfel strichen.

Es war windig, und am Himmel hatte sich eine dunkle Wolkenbank vor die letzte Helligkeit geschoben.

Da erhob sich Shahrìt aus dem Gras, in dem der Abdruck ihres Körpers zurückblieb. Hinter ihr der tiefe Himmel.

Am oberen Ende der Straße tauchte ein Pilger auf. Er trug einen Mantel aus grobem Tuch und stützte sich auf einen Stock. Aber er konnte nicht alt sein; das glatte Gesicht und das kaum ergraute Haar spiegelten die Helligkeit des Sonnenuntergangs wider.

Als er nur noch einen Schritt von Faraqàt entfernt war, erkannte dieser ihn: Es war der große Dichter. Der Dichter richtete das Wort an ihn.

»Es ist zu spät, um noch länger hier zu bleiben. Komm mit mir in die Stadt.«

»Oh nein«, sagte Faraqàt. »Und außerdem bin ich nicht allein.« Er wies mit der Hand auf Shahrìt.

»Auch das noch: eine Frau!«, meinte der Pilger. »Das war dumm von dir, sie zu besitzen. Aber jetzt bei mir wirst du klüger werden.«

Faraqàt stimmte ihm zu.

»Wenn du mich besessen hättest«, fuhr der Pilger fort, »dann wärst du nicht auf dieser Straße geblieben, um allein das Ende des Sonnenuntergangs abzuwarten. In der Stadt war in den Fenstern im Erdgeschoss schon Licht. Nur im Westen stand eine reglose Helligkeit, vor der sich vollkommen dunkle und schwarze Häuserblocks mit ihren Dächern und Schornsteinen abhoben. Aber unter den Balkonen brannten Laternen, und in ihrem Licht erkannte man die Hausflure. Vor den Haustüren, in der Dunkelheit der Vordächer aus Gusseisen und Glas, war es, als könnte man wartende Gestalten erkennen. Wer das war, wird das nächste Morgengrauen enthüllen, wenn man auf dem taufeuchten Pflaster ihre Fußspuren erkennt. Ich aber hätte dir das schon vor vielen Stunden gesagt, wenn du mich gestreichelt hättest.«

Shahrìt hatte auch zugehört, schweigend. Als der Pilger geendet hatte, wandte sie sich an Faraqàt.

»Gehen wir?« fragte sie. »Es wird kühl.«

Faraqàt sah den Pilger an und hätte ihn in die Arme schließen wollen, seinen Kopf auf seinen Schultern spüren und ihn küssen.

»Du weißt«, sagte der Pilger, »dass Frauen nur dazu gut sind, uns beim Ablegen dieser Kleider behilflich zu sein und uns zu trinken zu bringen.«

Faraqàt trat auf Shahrìt zu und half ihr beim Aufstehen. Dann streichelte er ihre Hüfte.

»Schau den Ziegenbock an!« sagte er und zeigte auf den Pilger.

Die Frau drückte seinen Arm und fragte: »Ist das dein Ziegenbock?«

Der Pilger hatte angefangen, die Straße hinunterzulaufen, in die entgegengesetzte Richtung der Stadt. Faraqàt und Shahrìt stürzten hinter ihm her, um ihn zu verfolgen.

»Du bist ein Ziegenbock!«, riefen sie.

»Du bist ein Ziegenbock, Ziegenbock, Ziegenbock!« Unaufhörlich erschallte der Ruf im Rücken des Pilgers, der im Laufen einen Zipfel seines Gewands hochhielt. »Ziegenbock, Ziegenbock, Ziegenbock, Ziegenbock!« Den Hügel hinauf, durch Nussbaumgärten. Der Ruf hallte in den Tälern wider; Vögel flatterten plötzlich auf in der fast dunklen Luft; der Pilger fühlte rasche, finstre Flügelkronen um sein Haupt, die sogleich zwischen den Zweigen verschwanden.

Das Heranrücken der Nacht erregte den Mann und die Frau, die ihm auf der Spur blieben; die Dunkelheit schien das baldige Ende dieser Jagd anzukündigen; der Ziegenbock würde geschlachtet werden, irgendwann in der Nacht.

Die Schatten einer Reihe von Pappeln, die violett in der Abendluft standen, schienen der Flucht des Pilgers Deckung zu bieten. Aber bald schon war er wieder im Freien; der Weg führte über eine Wiese, die schon mondhell war. Der Pilger lief vornübergebeugt, die Augen auf den Boden geheftet, um nicht zu stolpern.

»Zie-iegenbock!« schrie hinter ihm eine Stimme, die von Mann und Frau zugleich war. An einer Wegbiegung schaute er zurück. Die beiden waren ziemlich weit hinten. Sie liefen im Mondschein hinter ihm her, sich an den Händen haltend.

Der Pilger duckte sich in einen Graben. Er hörte das Geräusch der laufenden Schritte, das näherkam.

Dann hörte der Ziegenbock, voller Furcht, zerrissen zu werden, den Mann und die Frau wenige Schritte von sich entfernt laut lachen und rufen: »Komm raus aus dem Graben und lauf weg, Ziegenbock! Es geschieht dir nichts!«

Bei ihrem Herumstreifen auf den Hügeln waren Faraqàt und Shahrìt weit von der Gegend mit den Brücken abgekommen, und um in die Stadt zurückzukehren, wollten sie lieber eins der Schiffe nehmen. Es gab da noch ein altes Boot mit Schaufelrad, mit Einbauten und Armaturen in Mahagoni und glänzendem Messing; äußerst langsam und sehr geräuschvoll legte es vom Gestrüpp am Ufer ab, erreichte fast die Flussmitte und begann in Richtung Stadt hinunterzufahren, die Motoren auf ganz niedrigen Touren, mit wenig Lärm.

Nur vier oder fünf Leute hielten sich auf Deck auf und plauderten unter einer Girlande aus bunten Glühbirnen. Faraqàt und Shahrìt saßen in zwei Korbsesseln und sahen die noch etwas wilde Hügellandschaft ganz langsam an sich vorüberziehen, ohne Lichter, wo die Bäume im Dunkel verschwammen, nur ganz oben am Kamm hoben sich hie und da einzelne dunkler gegen den Himmel ab. Dann, als an beiden Ufern plötzlich hundertfach die vertrauten Lichter der Stadt auftauchten, schien sich die Dunkelheit am äußersten Horizont zu verdichten. Faraqàt bemerkte, dass die Lichter in den Gebäuden nicht brannten wie gewöhnlich.

Die Elektrizitätswerke hatten die Stromversorgung vielleicht schon reduziert, im Hinblick auf den großen Bedarf, der während der Nacht anfallen würde; oder vielleicht war es irgendwelchen Vampiren schon gelungen, die Anlagen zu beschädigen.

VII

Faraqàt aß schnell etwas. Von den Fenstern aus sah man das rosa-orangefarbene Licht der Straßenlaternen über den Kreuzungen. Es war die Nacht vor dem Fest der Verklärung Christi. Um neun läutete Shahrìt an der Tür; er führte sie in sein Zimmer, ließ sie auf seinem Bett Platz nehmen. Draußen war es stockfinster. Schwärme von Vampiren zogen bestimmt schon am Himmel dahin; sie aber sprachen von alten Bäumen, von nachmittäglichen Ruhepausen in Korbstühlen, wenn die anderen alle schliefen, von feuchten, warmen Gärten. So sprachen sie stundenlang, in der Tiefe der Nacht. Dann, als Mitternacht längst vorüber war, wechselten sie den Raum, und in Faraqàts alter Bibliothek begannen sie von früheren Zeiten zu sprechen und von Büchern, Waffen und von Menschen mit außergewöhnlicher Begabung. In der Ferne wurde der Himmel schon langsam heller, als Faraqàt seine Hand ausstreckte und mit dem Zeigefinger über Shahrìts Augenbrauen, dann über ihre Lippen strich. Sanft lächelnd. Draußen vor dem Fenster leuchtete der Abendstern am hellen Himmel. Erst da, als er dieses Gesicht mit seinen Fingern wiedererkannt hatte, konnte Faraqàt es küssen. Mit fiebrigen Fingern wühlte er in den Haaren; trunken und doch hellhörig auf jedes Geräusch, wandte er den Rücken zum Fenster, wo man in der bleichen Luft jeden Augenblick den Flug der Vampire würde erkennen können, und er besaß Shahrìt mit derselben Gewaltsamkeit, die ein Ertrinkender gebraucht hätte, um wieder an die Wasseroberfläche zu kommen. Shahrìt lächelte, das Gesicht reglos, bis zu dem Augenblick, da ein krampfhaftes Beben sie schüttelte, wie von Weinen, und es schien sie nicht mehr loslassen zu wollen. Faraqàt saß neben ihr, spielte mit ihrem Haar, und sie bebte weiter; aber sie weinte nicht, auch wenn ihre Haare wie von Tränen nass schienen. Es bestand keine Hoffnung mehr, dass die nächste Nacht noch ruhig sein würde. Die Schlacht war an ihrem Höhepunkt angelangt. Sie konnte Monate dauern oder Jahre, aber es würde nun keine Ruhe mehr geben. In wenigen Stunden, vielleicht jetzt schon, wurde im Stadtzentrum gekämpft – nichts konnte die Vampire aufhalten, außer Steinen, Brechstangen und aus Zäunen gerissenen Latten.

Plötzlich, während der Abendstern in den himmlischen Sphären glühte, aber drohend über ihm die Mondsichel stand, begann Shahrìt mit Vampirstimme zu sprechen.

Sie klang breiig in ihrem Mund, der nicht gewohnt war, die fremden Laute hervorzubringen, Faraqàt jedoch war sie vollkommen verständlich. An ihrer Seite ausgestreckt, sah er jenseits der Fensterscheiben das weiße Feuer des Abendsterns. Und er hörte Shahrìt, die in dieser Stunde willfähriges Werkzeug der Vampire geworden war, mit schmerzlicher Anstrengung sprechen, fast schreien: Laut schrie sie den Sieg der Vampire hinaus, verkündete laut das Urteil der Einsamkeit für den, der an ihrer Seite lag. Jenseits der Fenster bebte und funkelte der Abendstern, und die Mondsichel sank still auf die Dächer herab. Faraqàt riss sich los aus der Tortur, erhob die Hand, rief. Und von den höchsten Himmelssphären stieg noch einmal der Erzengel herab: Mit goldenem Panzer, goldenen Beinschienen, goldenem Schwert trat Michael in den vom Nachthimmel umschlossenen menschlichen Raum, und als sein strahlenumkränztes Antlitz erschien, wurde die Vampirstimme in Shahrìts Kehle zu einem Schluchzen. Von dem mörderischen Panzer erdrückt, von dem mächtigen Schwert bedroht, war Shahrìt ganz unschuldige Jungfrau. Sie schwieg, und beim Herannahen des Morgengrauens begann sie zu zittern. Lange Bogengänge, offen und ungeschützt, führten von Faraqàts Haus zu dem Shahrìts. Gemeinsam gingen sie unter ihnen entlang, und Faraqàt hatte seinen linken Arm um Shahrìts Schultern gelegt. Hart erglänzten plötzlich über ihnen die ersten Sonnenstrahlen. Zum ersten und letzten Mal hatte die Stadt sich aufgetan, in der Tiefe der Nacht und in der weiten Helle, die den Sonnenaufgang verkündete; die Sonne fiel auf ihre Mauern, und in entlegensten Fernen entsprang der Wind. Der bereits angebrochene Tag war blutige Schlacht. Sie schwiegen und verabschiedeten sich rasch vor Shahrìts Haus.

In zwei Stunden hätte das Schauspiel beginnen sollen, und Faraqàt musste erst noch die Waffen und Dekorationen für die Bühne herbeischaffen, die auf dem Speicher des Hauses seiner Kindheit lagen, in einem Dorf in der Nähe der Stadt.

Hohe Wolken waren schon in Nacht getaucht, und er machte sich auf über eine lange, gerade Straße, die zu beiden Seiten von Häusern gesäumt war; um diese Zeit waren sie zum Teil verrammelt.

Er ließ einige kleine Geschäfte hinter sich, die still in gelbem Licht strahlten; etwas weiter kam er an den erleuchteten Fenstern einer Schneiderei vorbei. Die kahlen Räume im fahlen Licht von ein paar Neonröhren an der Decke versanken mit einem Schlag im Dunkeln. Faraqàt trat näher, und durch die zerbrochenen Fensterscheiben sah er, dass sich alle Räume vom Fußboden bis unter die Decke mit Erde gefüllt hatten.

An diesem Zeichen erkannte Faraqàt, dass die große Schlacht begonnen hatte. Er tat noch ein paar Schritte auf die Finsternis am Ende der Straße zu und stieg in einen Bus, der – über eine lange, gerade Strecke – in das Dorf führte, das mittlerweile fast zu den Randbezirken der Stadt gehörte und in dem er ein paar Jahre seiner Kindheit verbracht hatte.

Der Bus war halb leer. Schnell fuhr er über die dunkle Chaussee zwischen hohen Häusern mit geschlossenen Fenstern und dunklen Feldern dahin. In wenigen Minuten war Faraqàt am Rand des Dorfes. Er stieg die steile und leicht gewundene Hauptstraße hinauf; hier und da saß noch jemand auf einem Stuhl im Hauseingang, um vor dem Schlafengehen noch ein wenig zu plaudern. Faraqàt hielt an vor dem Haus, in dem er als Kind gelebt hatte. Er trat nicht vom Platz her durch den Haupteingang ein, sondern durch eine schmale Seitentür, die zwischen zwei Treppen lag. Die eine führte zum Gartentor und weiter hinunter in den Keller; die andere führte zur Wohnung und zum Speicher hinauf. Plötzlich erschreckte ein Flügelschwirren Faraqàt, der reglos auf dem Treppenabsatz stand; er begriff nicht gleich. Dann kam ihm der Verdacht, dass ein Vampir die Treppe hinauf unters Dach geschlüpft sein könnte. Rasch lief er, jeweils zwei Stufen nehmend, die Treppe hinauf, vorbei an der dunklen Wohnung, und betrat den Speicher durch die kleine quadratische Tür auf dem letzten Treppenabsatz. Hier waren die silbernen Schulterstücke und die Holzpistolen verwahrt, mit denen er als Kind gespielt hatte und die er jetzt für das Schauspiel brauchte. Im Dunkeln erkannte er die Ecken und Kanten von hellen Holzkisten, Knäuel von blankem Metalldraht und verstaubte Laternen. Er drang weiter vor, und wieder bemerkte er in der Dunkelheit eine kleine, ungewohnte Bewegung, als ob sich jemand leise fortschliche, etwas weiter weg von ihm, zwischen den Kisten. Er drang noch weiter vor, und diesmal glaubte er deutlich einen Vampir zu sehen, der im hinteren Teil des Speichers umherlief. Aber die Dunkelheit wurde immer dichter: So sehr er auch suchte, Faraqàt konnte die Schulterstücke und Pistolen nicht finden. Er ging weiter und bemerkte, dass er nicht mehr den Bretterboden des Speichers, sondern Lehmfußboden unter den Füßen hatte. Von dem Vampir hörte man nichts mehr, er war verschwunden. Faraqàt sah rings um sich die dunklen Umrisse von abgestellten Möbeln im Keller und von Gartengeräten, verrosteten Hacken und Rechen, die wahllos zwischen alten Blumentöpfen lehnten. In einer Ecke lagen die Schulterstücke und der Gürtel mit den Holzpistolen. Faraqàt legte sie an, stieg zwei Stufen hinauf und trat schließlich aus dem Keller. Er stand vor der durchbrochenen Ziegelmauer des Gartens. Er ging auf dem Kiesweg, der an zwei Seiten am Garten entlanglief, bis zur Mauer des gegenüberliegenden Hauses. Faraqàt stieg eine kleine Treppe bis zum Straßentor hinauf und kehrte in die Stadt zurück.

Während eine Straßenbahn ihn in die Stadt brachte, bemerkte er, dass das Licht der Straßenlaternen schwächer wurde. Das waren die ersten Momente der Schlacht. Er musste sich beeilen, um zu seinen Gefährten zu stoßen: Der Zeitpunkt des Schauspiels rückte näher.

Als Faraqàt in der Nähe des Bahnhofs aus der Straßenbahn ausstieg, fegte der Wind durch die nächtlich leeren Straßen, wirbelte haufenweise Papierknäuel auf dem Pflaster auf. Faraqàt bog in eine große Straße ein, die auf einer Seite ein Stück weit von Laubengängen gesäumt war; auf der anderen Seite lagen die Verwaltungsgebäude der Eisenbahn, dann folgte eine lange Reihe Hochhäuser. Der eisige Wind schlug Faraqàt ins Gesicht, und bald fing es an zu schneien. Der Wind trieb die letzten Nebelfetzen, die sich im Lauf des Tages hier verdichtet hatten, immer weiter gegen das ferne Ende der Straße. Die Straßenlaternen gaben mittlerweile nur noch ein schwaches, gelbliches Licht, aber hier und da sah man hoch oben, hinter den wenigen noch nicht verrammelten Fenstern, Zimmer in strahlendem Licht.

In einem von ihnen mussten mehrere Leute versammelt sein. Faraqàt sah ihre Schatten hinter den Fenstern auf und ab gehen. Vielleicht sangen sie: Auf die Straße herab drang der schwache Widerhall eines Chors, der einen rhythmischen, feierlichen Gesang anstimmte, dessen Worte man nicht verstand.

Die Straße war verlassen. Nur an der Ecke eines Corso, der schnurgerade zum Fluss hinunterführte, traf Faraqàt auf vier mit Brechstangen bewaffnete Männer, drei von ihnen in blauer Mechanikermontur; der vierte hingegen war in Straßenkleidung und trug die Armbinde der Antivampirgruppen aus weißem Stoff mit dem Abzeichen der zwei gekreuzten Hämmer darauf. Er war es, der das Wort an Faraqàt richtete, aber höflich und ohne ihm den Weg zu vertreten:

»Wohin gehen Sie, mein Herr?«

»Auf die Piazza Carducci«, antwortete Faraqàt, »zu Freunden.«

»Sie wissen, dass dies keine Nacht ist, um auf den Straßen herumzulaufen«, meinte der Mann. »Von einem Augenblick auf den anderen kann die Straßenbeleuchtung ganz ausfallen.«

»Auch ich bin im Dienst«, sagte Faraqàt, und indem er den Mantel aufschlug, zeigte er die silbernen Schulterstücke, die er an der Jacke trug. »Ich nehme an dem Schauspiel teil, das Unseren Herrn günstig stimmen soll.«

Der Mann schwieg und trat beiseite.

Wenige Minuten später stand Faraqàt vor dem Eingang eines sehr hohen, modernen Hauses. Der Platz lag mittlerweile fast völlig im Dunkeln, und über Faraqàts Kopf verlor sich eine Reihe von würfelförmigen Balkonen in der Finsternis. Er wandte sich um, sah auf die dunklen Blumenbeete, das Pflaster und die Schienen, die dicht am Gehsteig entlangliefen. Dann klingelte er. Im nächsten Augenblick sprang die Haustür auf, die von oben geöffnet wurde. Das Stiegenhaus lag im Halbdunkel, aber den Marmor der Stufen erkannte man klar.

Faraqàt stieg zu Fuß in den vierten Stock hinauf, der Aufzug war dunkel und funktionierte sicher nicht mehr. Im obersten Stockwerk angekommen, bückte er sich, um die Namensschilder neben den Türen zu lesen. Als er den Namen »Marrad« gefunden hatte, klingelte er. Er musste etwas warten, bis die Tür sich öffnete, dann ging schließlich ein Türflügel auf, und an der Schwelle erschien Shahrìt. Sie sah Faraqàt einen Moment lang an, als müsse sie ihn erst wiedererkennen.

»Es ist ein bisschen spät«, sagte sie zu ihm, »ich dachte, du kämst früher.«

»Die Straßenbahnen fahren nur noch selten«, antwortete Faraqàt. »Ich musste über eine halbe Stunde warten, bis eine kam.«

Er trat in den Vorraum der Wohnung ein, die mit Metallmöbeln eingerichtet war, wie ein Büro. An den Wänden hingen in dunklen Nussbaumrahmen großflächige, intensiv rosa grundierte Blätter, die mit großen, antiken Lettern bedruckt waren. An jedem Rahmen hingen helle Glyzinienrispen, und auf den zwei plastikbeschichteten Schreibtischen zu beiden Seiten der Tür standen Gruppen von Keramikfiguren, die rosige Nymphen mit silbernem Haar darstellten, leuchtend graue Hirsche und Schwalben, Enten, Störche mit bläulicher Glasur. Ein Spiegel in vergoldetem Rokokorahmen hing über dem rechten Schreibtisch.

Shahrìt führte Faraqàt zu einer weiß lackierten, der Eingangstür genau gegenüberliegenden Tür, die von zwei glatten weißen Holzsäulchen flankiert war. Als er über die Schwelle trat, befand Faraqàt sich in einem hohen, dunklen Raum. In der Mitte auf dem wachsgebohnerten Fußboden war ein großes Militärzelt aus gelblichem Stoff aufgestellt. Die Eingangsplane war hochgeschlagen, und im Inneren saßen diejenigen, die an dem Schauspiel teilnehmen würden, auf Klappstühlen rund um eine Gaslampe. Fast alle waren in Arbeitskleidung: blaue Latzhosen, zerrissene Pullover über Tuchhosen.

Sie begrüßten ihn, und auch er trat in das Zelt ein. Aber sofort sagte er:

»Wir müssen jetzt gehen. Es ist spät, das Schauspiel muss umgehend anfangen.«

Draußen war es sehr kalt. Es hatte aufgehört zu schneien, und die Gehsteige waren glatt von Eis. Als sie alle auf der Straße waren, bemerkten sie, dass die Straßenlaternen aus waren.

Ihr Blick richtete sich noch einmal auf den Platz, der völlig im Dunkeln lag. An den Häuserfassaden leuchtete kein einziges Licht mehr, aber ein unbestimmter Lichtschein von der großen Straße am Ende des Platzes her ließ vermuten, dass dort hinten in den Häusern noch jemand wachte.

VIII

Gemeinsam mit seinen Gefährten lief Faraqàt die große Straße hinunter, denselben Weg zurück, auf dem er kurz zuvor gekommen war. Die behandschuhten Hände hatte er in die Manteltaschen gesteckt. Der Gehsteig war eisglatt, stellenweise von Schnee bedeckt. Von den Regenrinnen der Häuser fielen eisige Tropfen herab.

Sie gingen an Schaufenstern vorbei, die nun schon seit Stunden im Dunkeln lagen, und an verriegelten Haustoren. Es war ziemlich spät, und die Schlacht musste bereits weit fortgeschritten sein. In ein paar Minuten musste die Vorstellung beginnen, aber noch lange bevor sie den Keller erreichten, trafen sie auf eine weitere Straßensperre. Ziegelsteine und Sandsäcke versperrten die Straße fast vollständig und ließen nur einen kleinen Durchgang frei. Vier Männer in der Uniform der Antivampirgruppen hielten Wache. Faraqàt trat näher und bat um Durchlass:

»Das Schauspiel muss bald beginnen«, sagte er. »Ihr wisst ja, wie wichtig es ist, dass die Vorstellung stattfindet. Es kann die Rettung sein.«

»Sicher«, antwortete der Chef der Patrouille, »aber ich weiß nicht, ob ihr anfangen könnt. Das Viertel ist isoliert. In sämtlichen Straßen ringsum haben die Vampire Stellung bezogen. Auch wir müssen bald von hier weg. Vom Publikum wird niemand durchkommen, um eure Vorstellung anzusehen.«

»Wir brauchen kein Publikum«, wandte Faraqàt ein. »Das Schauspiel ist für Unseren Herrn bestimmt. Es genügt, dass wir Schauspieler da sind, um Unserem Herrn zu zeigen, was die Menschen vermögen. Und jetzt ist es schon spät. Lasst uns durch.«

»Wir lassen euch ohne weiteres durch«, antwortete der Patrouillenchef. »Aber passt auf, die Vampire sind nah. Auch wenn sie das Viertel so schnell nicht werden erobern können, ich weiß, dass einige schon eingedrungen sind. Trennt euch, bleibt nicht zusammen, sonst fallt ihr den Vampiren auf, die diese Straßen durchkämmen.«

Faraqàt und die anderen Schauspieler passierten die Straßensperre und machten sich eilig auf den Weg zu dem Keller; die Schlacht näherte sich ihrem letzten Stadium, und die Vorstellung musste so bald wie möglich beginnen. An der ersten Straßenkreuzung befolgten sie den Ratschlag des Patrouillenführers und trennten sich. Jeder schlug einen anderen Weg ein. Sie würden sich in wenigen Minuten im Keller wiedertreffen.

Faraqàt ging schnell und erreichte die Kreuzung einer ziemlich engen Gasse mit der breiten Straße; und diese Gasse, die direkt zum Fluss hinunterging, führte zu dem Haus, in dem er ein paar Jahre seiner Kindheit verbracht hatte. Aber nicht nur Kindheitserinnerungen verbanden sich für ihn mit diesen alten, dunklen Häusern, bei denen neben den Haustoren dicht über dem Gehsteig die Kellergitter lagen. Faraqàt sah sie wieder in der Sommersonne, als er fast jeden Tag dort hinunterging, nachdem er das staubige Gewölbe seines Kellers ausgemalt hatte und drei Freunde sich einen ganzen Sommer lang dort mit ihm trafen. Sie machten merkwürdige Musik, Geräusche von Glasscherben und Scheppern von Metallen, das in den Kellergewölben unter dem Straßenniveau widerhallte. Sie trafen sich im Keller und trennten sich bei Sonnenuntergang, während der Himmel über den Brücken rot und klar leuchtete. Sie blieben lange stehen vor dem Auseinandergehen, und manchmal wagten sie kaum, allein der Nacht entgegenzutreten, und trafen sich später wieder, auch wenn sie nicht wussten, was tun, bloß um den vertrauten und beruhigenden Klang ihrer Stimmen zu hören.

Seit einiger Zeit dachte Faraqàt, wenn er sich seinen Phantasien überließ, an künftige Tage, in denen er aus der Stadt wegziehen und vielleicht mit Shahrìt in fernen Ländern leben würde. Vor allem aber dachte er an die Rückkehr von diesem Aufenthalt in der Ferne in die Stadt. An einem frühen Nachmittag würde er mit Shahrìt wiederkehren in die Stadt, vielleicht mit ihrem Sohn, auf der langen Straße, auf der er nun in der Nacht der Schlacht dahinging, und wenn sie an den Häuserblocks und Straßenzügen vorbeikamen, wo in diesen Schneenächten die Schlacht stattgefunden hatte, würde er sie dem Jungen zeigen. Und doch: Diesen Jungen, diesen seinen unwahrscheinlichen Sohn, würde es nie geben. Bei Ankündigung der Schlacht waren die Frauen mit einem Schlag unfruchtbar geworden, und es war zu Aborten gekommen, wie durch die Kälte im Morgengrauen.

Faraqàts Heimkehr würde einsam sein. Und wenn er sich das überlegte, dann schien ihm eine Heimkehr überhaupt nicht mehr nötig. Sämtliche in fernen Ländern gemachten Erfahrungen waren nichts mehr wert, wenn es da keine Frau gab, die er an seiner Seite heimführen konnte, um den anderen zu zeigen, dass er diese Erfahrungen als Sieger bestanden hatte, als Paar, und nicht als Einsamer. Es bestand kein Anlass mehr, an eine Rückkehr zu denken, jetzt, wo die Schlacht ihm eine einsame Heimkunft auferlegte.

Einsamkeit und Schweigen. Was kann Faraqàt allein ausrichten in der Nacht? Nichts. Nichts vermag der Mann allein. Faraqàt kann nur durch nächtliche Straßen gehen, und das ist schon viel: Wäre er allein, könnte er nicht einmal das. Still würde er in seinem Zimmer sitzen, in das die Nacht eingedrungen ist; auf dem Boden kniend, würde er warten auf ein von Wind und Sonne wundes Morgengrauen. Faraqàt ist nicht allein. Über ihn zieht die Zeit hinweg mit der Stimme einer Frau, die so klingt: »Über die Felder gehen, allein, sogar ohne dich.« Offene Nacht für Faraqàt.

Eine Nacht, länger als alle vergangenen Zeiten, die kurz in ihr aufblitzen, Nacht, die alle Zeiten einschließt und zum Flussufer hinuntertreibt. Wenn es keine Heimkehr gab, dann gab es auch keine lange Reise fort von der Stadt; so rückten die letzten Stunden für Faraqàt noch näher.

Faraqàt war es vorgekommen, als passten die Bilder von einer fernen Heimkehr gut zu dieser Stadt, jetzt, da sich die ersten Anzeichen der Schlacht in ihr bemerkbar machten. Obgleich die Schlacht die Möglichkeit einer heilsamen Rückkehr ausschloss, brachte sie selbst doch deren Bild hervor. Keineswegs auch handelte es sich bloß um den Wunsch, aus der bedrohten Stadt zu fliehen und eines Tages froh in sie zurückzukehren. Faraqàt fühlte die heiteren, nur von ganz leichter Melancholie getrübten Visionen heraufziehen, die sich mit dieser Heimkehr verbanden: Winkel des alten Viertels zwischen Bahnhof und Fluss, Spätnachmittagsstunden auf der großen Straße, die vom Bahnhof aus an den Stadtrand führte. Und hinter diesen Visionen erkannte Faraqàt die rascheren und dunkleren Bilder aus den Tagen seiner Kindheit, als er in die Stadt gekommen war aus dem Dorf, wo er wohnte, und die Stadt ihm fremd und feindlich erschienen war. Die Reise weit fort von der Stadt und die Rückkehr in sie waren keine billige Flucht, sondern waren das Ergebnis von Faraqàts scharfem und hellsichtigem Blick auf die Stadt. In diesem Sich-Entfernen und Zurückkehren enthüllte die Stadt jetzt, in der Nacht der großen Schlacht, ihr wahres Sein. Die Stadt war der Ort, den man hinter sich ließ, und der vertraute Ort, an den man eines Tages zurückkehrte. Die Stuckreliefs mit den Darstellungen der Tugenden im ersten Stock eines alten Gebäudes an einem Platz, der von der nur ein Jahrhundert alten Pfarrkirche beherrscht wurde, tauchten wie immer im Licht von schwachen und fast rauchigen Laternen auf.

Fotografien, mit Reißnägeln an die Wände einer alten Portiersloge geheftet, die vollgestopft war mit Möbeln, Betten, Regalen und Gipsfiguren. Jetzt war die Portiersloge ein reinlicher, weißgestrichener Lagerraum für Fensterläden. Aber das Gittertor zum Hof und die Wände im Stiegenhaus waren unverändert. Der gelbliche und wie rußig graue Anstrich war derselbe wie damals, und auf der Kellertreppe lehnten wie damals Ofenrohre, Stangen und ausgediente Fensterläden im Dunkeln.

All das lag hinter den Haustoren, als Faraqàt an ihnen vorüberging. Er war etwas von der großen Straße abgewichen, indem er zweimal nach rechts abbog, dann nach links in die Straße, wo das Haus lag, in dem er gewohnt hatte. Er ging rasch daran vorbei. Auch diese Straße führte zum Flussufer. In der Dunkelheit waren die Gesimse der Häuser nicht zu sehen. Nur das unterste Stockwerk zeichnete sich im Schatten ab.

Hinter den Fenstern dieser Häuser lagen Zimmer, die niemals die seinen hätten sein können. Er kannte sie gut: Möbel mit Intarsienarbeiten, vergoldete Bettgestelle, die antik aussehen wollten; Reste, die die Zeit in ihrem Lauf abseits liegenließ, an denen die Zeit dadurch aber auch vorüberging. In den Wohnungen hinter diesen Fassaden verging die Zeit nicht. Der Abend folgte auf den Tag, aber es war der Abend eines vor vielen Jahren vergangenen Tages. Alt und schon seit Jahren erloschen war die Sonne, die des Morgens in diese Zimmer fiel und die blanken Flächen der Möbel aus dem Schatten zog. Selbst wenn Faraqàt ein paar Nächte lang nicht wachte und sich dem Schlaf überließ – wenn er dann morgens durch diese Straßen ging, stieß er immer wieder auf dieselben alten, staubigen Sonnenstrahlen und hinter den offenstehenden Balkontüren auf dieselben alten, blanken Möbel.

Plötzlich vernahm er das Geräusch heraneilender Schritte. Dann strömten aus den Seitenstraßen in wilder Flucht viele Leute auf die breite Straße;

einige setzten ihren Lauf fort, andere blieben in der Nähe eines im Bau befindlichen Hauses stehen, sammelten Steine und rissen die Bauzäune nieder, um sich zu bewaffnen. Ein rhythmisches Dröhnen kam schnell vom Ende der Straße her näher und schien auch vom dunklen Himmel herabzukommen. Eine Einheit Vampire stürzte sich auf diejenigen, die nicht geflohen waren. Der dichte Steinhagel konnte das Vorrücken der Vampire nicht aufhalten, auch wenn viele Steine trafen. Die Vampire trugen keine Waffen, sie brauchten keine: Ihre unbändige Kraft übertraf bei Weitem selbst die der stärksten Menschen. Die Knüppel und eisernen Brechstangen erschreckten sie nicht, sie zerbrachen. Unter ihren Schritten zerbröckelte der Asphalt, und die Pflastersteine der Gehsteige zerbarsten; eine bleiche Vegetation reckte ihre Stängel empor, wo die Steinplatten sich hoben und wo sich im Straßenbelag Löcher auftaten. Schon bald wurde auch Faraqàt in das Handgemenge hineingezogen; er hatte sich keinen Knüppel mehr besorgen können, er verteidigte sich mit den Fäusten und empfand heftigen Abscheu, als seine Faust voll auf das nackte Gesicht eines Vampirs traf. Im nächsten Moment hatten sich zwei Vampire auf ihn gestürzt. Er erlitt die Tritte ihrer eisenbeschlagenen Stiefel, bis er zu Boden sank. Unter seinem Körper, den die Vampire mit ihrem ganzen Gewicht niederdrückten, hatte sich im Asphalt eine große Pfütze gebildet, und der schmelzende Schnee vermischte sich mit Splitt und dem milchigen Saft, der aus dem aufgerissenen unterirdischen Wurzelgeflecht quoll.

Mühsam stand er auf und lief mit den anderen fort bis zu einem Platz, wo sich alle zerstreuten, wobei sie sich umwandten und Steine nach den Vampiren warfen. Die wollten jedoch nicht allzu weit aus ihrer Deckung gehen und zogen es vor, die wenigen Zurückgebliebenen mit Schlägen zu massakrieren.

Faraqàt ging in Richtung Fluss, um seine Gefährten zu suchen. Beim Gehen, während er darauf achtete nicht auszurutschen, bemerkte er, dass er unwillkürlich die Ohren spitzte. Aus irgendeiner Wohnung im ersten oder zweiten Stock drangen unverkennbar die Töne eines Klaviers auf die Straße herab. In den alten Häusern hatte er oft Klaviere gesehen, an die Wände der niedrigen Zimmer gerückt, gegenüber von Fenstern, die auf Fluchten von Höfen gingen. In den vergangenen Sommern hatte er hier und da Klavierspiel gehört, von den zahllosen Balkonen her, die zum Hof hin lagen und zugestellt waren mit Grünpflanzen in Tontöpfen, Kisten und Besen. Gewöhnlich waren es die Kinder von kleinen Geschäftsleuten oder Kellnern, die Klavierspielen lernten, um etwas Besseres zu werden.

Faraqàt mochte es sehr, wenn auf der Straße Musik zu hören war. Es kam ihm dann vor, als zeige die Stadt damit deutlicher, was sie eigentlich war. Jemand, der wahrscheinlich von den Vampiren nichts wusste, spielte nun, in der letzten Nacht, Klavier.

Nasse Schneemassen lagen auf den Gehsteigen, fast unberührt, je weiter man sich von den großen Straßen des Zentrums entfernte. Auf einigen Fensterbänken brannten Lichterketten zu Ehren der Madonna, und in der Luft lag ein leichter Duft von Wachs. Im halbdunklen Schaufenster eines Fotografen sah Faraqàt die Porträts verschiedener Personen, die lächelten; von ferne konnte er nicht unterscheiden, ob es Schwarzweißaufnahmen oder Farbfotos waren. Aber als er näherkam, sah er, dass es sich um jene Schwarzweißfotografien handelte, die von Hand in Lachsrosa, Braun oder Blau koloriert wurden. Im Widerschein des Schnees wirkten die Gesichter lebhaft und fröhlich.

Faraqàt wandte sich um und betrachtete noch einen Moment lang an dem Haus, das hinter ihm die Straße abschloss, die verblasste Fassade, auf die Glyzinienrispen aufgemalt waren, dann setzte er rasch seinen Weg in Richtung Fluss fort. Als er dort ankam, waren seine Gefährten schon da. Während Faraqàt sie vom unbefriedigenden Ausgang des Schauspiels in Kenntnis setzte, stürzte eine Holzbrücke ein, und sie begriffen, dass die Schlacht ziemlich weit fortgeschritten war.

Sie versammelten sich alle bei den Trümmern des Stützpfeilers der eingestürzten Brücke. An den Fassaden der Häuser am Flussufer breiteten sich quadratische Schimmelflecken aus, grasgrün und im Halbdunkel leuchtend. Faraqàt machte ein Zeichen, und alle wandten sich zwei Männern zu, die rasch näherkamen. Der eine trug die grüne Uniform der Antivampirgruppen. Der andere, kleinere trug einen dunklen Redingotemantel und einen steifen Hut.

»Zündet die Brücke an!« schrie der Mann in Uniform schon aus einiger Entfernung. »Zündet die Brücke an! Sie dürfen hier nicht herüber.«

Als er bei der Gruppe angekommen war, sah er, dass die Brücke eingestürzt war und von ihr nur noch die schwarzen Balken eines Pfeilers standen. Da wandte er sich an Faraqàt:

»Kommt weg hier«, sagte er, »wenn die Brücken eingestürzt sind, müssen wir das Crocetta-Viertel besetzen. Es ist spät.«

Am Himmel zogen rasch helle Wolken dahin.

»Was macht das schon, wenn es spät ist?« meinte Faraqàt. »Bevor die Nacht vorbei ist, sind sowieso sämtliche Viertel besetzt. Im Morgengrauen sind alle Viertel besiegt. Ich rühre mich nicht von der Stelle.«

Der Mann mit dem steifen Hut starrte ihn aus wässrigen und leicht traurigen Augen an.

»Aber wenn sich keiner von der Stelle rührt«, sagte er, »wie sollen wir dann die Viertel verteidigen?«

»Machen Sie sich keine Sorgen», antwortete Faraqàt, «die anderen sind schon alle dabei. In diesem Moment muss das Stadtzentrum ein Schlachtfeld sein.«

»Das stimmt«, sagte der Mann in Uniform. »Wir kommen gerade von der Piazza Vittorio. Viele haben sich unter den Bogengängen verbarrikadiert. In der Mitte des Platzes ist das Pflaster geborsten.«

Faraqàt wandte sich zum Fluss, während seine Freunde schwiegen, einige starrten zu Boden, die anderen sahen auf die dunklen Fassaden.

»Wir müssen jetzt hier bleiben, jedenfalls das Viertel nicht verlassen. Verteilt euch ruhig auf diese Straßen, aber entfernt euch nicht aus dem Viertel. In einer Stunde treffen wir uns wieder an dieser Stelle.«

In Gruppen verteilten sich alle auf die Seitenstraßen, die gerade zum Flussufer hinunterliefen.

Faraqàt hatte sich nicht Shahrìts Gruppe angeschlossen. Allein, die Hände in den Manteltaschen vergraben, hatte er die Ecke der Straße erreicht, in der das Haus mit seinem Keller lag, und war durch den Nebel weitergegangen, der erneut zwischen den Häusern herabgesunken war.

Die Kälte schien von Stunde zu Stunde zuzunehmen. Faraqàt schlug den Mantelkragen hoch und zog den Kopf ein. Seine Ohren waren rot und steifgefroren.

Als er am Flussufer die Gegend des Stadtparks erreicht hatte, schloss er sich einer kleinen Menschenmenge an – ein paar hundert Leute, von denen viele die Uniform der Antivampirgruppen trugen –, die laut schreiend in Richtung der Pressegebäude zog. Die Vampire, so sagten sie ihm, hatten die Gebäude der großen Tageszeitungen besetzt, die am Ende der Straße schon erkennbar wurden und sich dunkel in den Wassern des Flusses spiegelten. Es war jedoch sehr merkwürdig, dass man von dort unten nicht den dumpfen Lärm, das fast tierische Gebrüll vernahm, das sonst immer das Herannahen von Vampireinheiten ankündigte. Es schien ausgeschlossen, dass die Vampire den Zugang zu den Pressegebäuden, in denen sie sich einquartiert hatten, unbewacht gelassen hatten. Die Menge rückte weiter vor, wobei sie sich den Weg mit Blendlampen erhellte. Die Schreie nahmen an Lautstärke zu, und mit ihnen der Lärm der Stöcke, Brechstangen und Bleirohre, die rhythmisch auf den Boden geschlagen wurden. Faraqàt ging fast in der Mitte der Kolonne. Plötzlich, als sie beim vorletzten Häuserblock angekommen waren, sah Faraqàt die Straße von rötlichen Stichflammen erhellt und vernahm ganz in der Nähe das donnernde Geknatter von Feuerwaffen. Die Menge blieb stehen und hätte sich verlaufen, wenn nicht diejenigen, die vom Ende der Kolonne her nachdrängten, den anderen den Weg versperrt hätten. Es wurde geschossen. Das Hämmern der Maschinengewehre war ohrenbetäubend, und die Luft war voller Rauch. Am vorderen Ende der Kolonne mussten viele getroffen worden sein: In der eisigen Luft roch man deutlich den süßlichen Geruch von Blut. Wer schoss? Bis dahin hatten die Vampire keine Waffen benutzt; wahrscheinlich brauchten sie keine. Es waren nicht die Vampire, man hörte nicht das Dröhnen ihres Angriffs und ihr kreischendes Drohgebrüll. Es waren Menschen, die auf die Menge schossen. Das sprach sich bald herum. Einigen Offizieren war es gelungen, ein Waffenlager zu öffnen, und sie hatten eine Abteilung Soldaten zur Verteidigung des Presseviertels aufgestellt. Vier Maschinengewehrstellungen versperrten mit gekreuzten Läufen die einzige Zugangsstraße: Man musste dort vorbei, um zu den Gebäuden zu gelangen, die sonst nur vom Fluss her zugänglich waren. Die Menge war in die Haustore, Querstraßen, an das dem Fluss entgegengesetzte Ende der Straße zurückgewichen und hatte die Gefallenen auf dem Pflaster liegen lassen. Es sah so aus, als hätte fatalerweise das Feuer aus den Maschinengewehren den Sieg davongetragen. Aber von dem Hausflur aus, in dem er Schutz gefunden hatte, sah Faraqàt einige Männer in der Uniform der Antivampirgruppen im Laufschritt die Straße heraufkommen und etwas gegen die Stellungen der Soldaten werfen. Es mussten Molotowcocktails sein; das Feuer loderte hoch auf, das eine oder andere Gewehr schwieg plötzlich still. Einen Augenblick lang schien die Nacht wieder finster zu werden. Dann setzte der hämmernde und ohrenbetäubende Lärm wieder ein. Einige von denen, die sich ins Freie vorgewagt hatten, konnten nicht mehr rechtzeitig fliehen und wurden von den Schüssen getroffen. Für die fast völlig unbewaffnete Menge blieb das Presseviertel uneinnehmbar.

Ein Blitz, gefolgt von einem Donnerschlag, zuckte durch die Nacht. Haushohe Flammen schlugen aus einem der Pressegebäude und jetzt auch das gellende Geschrei der Vampire. Weniger als eine Minute verging, dann noch ein Blitz, ein weiterer Donnerschlag und ein riesiger Knall, noch mehr Flammen. Nun brannte das Innere des Gebäudes lichterloh. Von ferne sah man in den Flammen die schwarzen Umrisse von verbogenen Eisenträgern, von eingestürzten Mauern. Die Maschinengewehre stellten plötzlich ihr Feuer ein, während das Gebrüll der Vampire durch den nächtlichen Raum hallte.

Faraqàt begriff nicht, was da vor sich ging. Dann lief die Nachricht von einem zum anderen. Folgendes war geschehen: Als die Offiziere das Arsenal geöffnet hatten, war es einigen Soldaten von den Antivampirgruppen gelungen, sich Munition zu beschaffen; die feuerten nun von dem Kanonenboot aus, das sie den Fluss hinuntergesteuert hatten, auf das Pressegebäude. Angesichts des überraschenden Angriffs hatten die Maschinengewehrschützen den Kopf verloren; während das Kriegsschiff Schlag um Schlag die Pressegebäude zerstörte, verließen sie ihre Posten und flohen in Richtung auf die Stellungen der Vampire. Die Menge, die sich wieder zusammengerottet hatte, rückte brüllend gegen das Ende der Straße vor. Die Kanonenschüsse zerrissen in regelmäßigen Abständen die Nacht, und auch Faraqàt hatte einen Augenblick lang, als er mit den anderen mitlief, Siegesgefühle. Aber auf einmal gellten die Schreie der Menge durch die Stille, und wieder war die Nacht nur von den Flammen des riesigen Brandes erhellt. Die Kanonen schwiegen. Noch bevor die Vampire sich zu Dutzenden auf das Schiff stürzten und Matrosen und Soldaten überwältigten, hatte plötzlich Rost tiefe Risse in die Kanonen gefressen, und feuchtes, dickes Moos hatte Schlösser, Panzertürme und Brücke des Schiffs überzogen. An den Außenwänden rann nun eine rostige, ölige Flüssigkeit herab, während auf dem Kanonenboot Feuer ausbrach, lautlos. Im Lichte dieser Flammen, die den Fluss mit blendenden Reflexen überzogen, begann die Menge sich zu zerstreuen. Auch Faraqàt entfernte sich, kehrte zurück in die vertrauten Straßen seines Viertels; einsam schlug er die Straße ein, die vom Flussufer zum Bahnhof führte.

IX

In der Nähe des Hauses mit den aufgemalten Glyzinien war noch eine Kneipe offen. Faraqàt blieb vor der Glastür mit ihrem abgenutzten dunklen Holzrahmen stehen. Die Kneipe hatte sich nicht verändert seit den Tagen von Faraqàts Kindheit, als er nachmittags durch das kleine Glasfenster spähte, das zur Straße hinausging; jetzt allerdings schien die Kundschaft – und das Lokal war voll – anders als sonst. An den Tresen gelehnt standen vier Vampire, die mit dem Wirt tranken, und zahlreiche weitere Vampire saßen in Gruppen um die Tische, die mit Wachstüchern voller Weinflecken bedeckt waren. Faraqàt begriff, dass sie schon auf den Sieg anstießen: Sie hatten die Kneipe besetzt und machten sich bereit, endgültig das ganze Viertel einzunehmen.

Faraqàt ging zum Tresen und bestellte ein Glas Schnaps, in der Gewissheit, dass die Vampire sich ihrer Sache und ihres Sieges zu sicher waren, um ihn zu belästigen. Zwei Vampire drehten sich kurz um und musterten ihn gleichgültig, aber ein anderer, der mit dem Wirt sprach, wandte sich lachend an ihn:

»Trink du nun auch ein Gläschen. Ich geb eins aus.«

Ohne etwas zu erwidern, kippte Faraqàt das halbe Glas Schnaps hinunter.

Die Mehrheit der Vampire, offenbar von nicht sehr guter Herkunft, trank und lachte laut. In einer Ecke der Kneipe jedoch standen fünf Vampire mit kaum angedeutetem Lächeln etwas abseits: Voller Verachtung für die lärmende Gesellschaft der anderen hatten sie sich um einen rotbackigen Vampir zusammengeschart, der den *Corriere dei Piccoli* vor sich aufgeschlagen hatte. Faraqàt erkannte ihn sofort; es war der junge Dichter-Vampir Roberto Sicbaldi. Sein Porträt hing auch in einigen menschlichen Literaturzirkeln. Mit einem leichten Lächeln auf den Lippen las er demonstrativ dieses Sonntagsblatt für Kinder, unter den wohlgefälligen und bewundernden Blicken seiner fünf Begleiter, die an seinen Lippen hingen.

Faraqàt konnte seinen Schnaps ungestört zu Ende trinken, dann trat er erneut auf die Straße hinaus und nahm seine Wanderungen wieder auf. Bald schon gelangte er zum Eingang des Hauses, in dem sein Keller lag. Er vermied es jedoch hinunterzusteigen. Jetzt war der Keller dunkel und in Unordnung. Nicht mehr wie in den Sommertagen oder in den vergangenen Wintern, wenn in den mit Papierfransen verzierten Flaschenhälsen die Kerzen brannten und die mit Sackleinen überzogenen Kisten, die als Sitzbänke dienten, an die Wände gerückt waren. Jetzt war der Keller leer und verrammelt. Faraqàt sah sich im Hausflur um, starrte auf die Reflexe der dunklen Glaskugel an den leuchtend ockergelb gestrichenen Wänden und stieg die Treppe in den dritten Stock hinauf, den obersten, wo die Wohnung lag, in der er als Kind gewohnt hatte. Heute diente sie nur noch als Abstellplatz für ausrangierte Möbel und sonstige Dinge, die sich in den leeren Zimmern stapelten. Seit Jahren hatte Faraqàt keinen Fuß mehr hierher gesetzt. Als er eintrat, trieb eine unbezwingliche Neugier ihn dazu, die Deckel der Truhen zu öffnen und mühsam die verklemmten Schubladen der Schränke herauszuziehen, im schwachen und fahlen Licht einer Glühlampe, die von der niedrigen Decke herabhing. Da war Faraqàt umgeben von den Überbleibseln seiner Kindheit. Aber es schienen keine Überbleibsel: Die Hefte, die Spielzeugschachteln, der immerwährende Kalender, das Kaleidoskop und die Dose mit den Federmessern, die er alle seit mindestens fünfzehn Jahren nicht mehr gesehen hatte, nahmen nun endlich Rache und schlossen den, dem es gelungen war, ihnen zu entkommen, wie in einem Gefängnis ein.

Mit grenzenloser Furcht wurde Faraqàt gewahr, dass erneut die Stunde seiner Kindheit schlagen sollte. Einen Augenblick lang meinte er, keinen Ausweg zu haben; dann aber enthüllten ihm die Fensterscheiben, die seit Jahren ohne Vorhänge waren, die Nacht rings ums Haus. Er ging auf die Straße hinunter und ließ die Wohnungstür hinter sich offenstehen, so dass die eisige Luft der Dunkelheit dort eindringen konnte. Faraqàt kehrte dem Haus den Rücken.

Immer kühner wurde Faraqàt, und keinerlei Müdigkeit kam in ihm auf. Völlig furchtlos war er in die von den Vampiren besetzte Kneipe eingetreten, und wenn er seinen Blick auch nur kühl und sachlich durch die Runde hatte schweifen lassen, war ihm doch nicht entgangen, dass das Ende der großen Schlacht nahe war. Die Vampire waren bereits fast bis zum Haus seiner Kindheit vorgedrungen. Anstatt in eine der Querstraßen einzubiegen, durch die er schon mehrfach gelaufen war, ging er am Flussufer entlang weiter. Er kam zu dem großen, zum Fluss hin offenen Platz, der sich weit vor dem völlig dunklen Hügel auftat. Auch dort waren die Brücken zum Einsturz gebracht worden. Eine Gefechtspause dauerte an. Neben Haufen von Steinen, die aus dem Pflaster gerissen worden waren, brannten an den Rändern des Platzes ein paar Feuer, und in ihrem Schein erkannte man in der Luft hängende Schwaden von Tränengas. Über den riesigen Platz gingen Leute in Uniform, allein oder in kleinen Gruppen. Faraqàt war im Schatten bei den Bogengängen stehengeblieben. Mehrfach sah er Frauen vorübergehen, die Shahrìt glichen, und jedes Mal glaubte er, sie zu erkennen. Schließlich sah er Shahrìt, die sich, wie ein Mann in die grüne Uniform gekleidet, aus einer Gruppe löste und allein über den Platz ging. Wie viele andere hatte auch sie ein langes Stück Holz in der Hand. Sie ging langsam, mit finsterem Gesicht, und stützte sich auf die improvisierte Waffe. Sie trat in den nebelfreien Raum und war leicht zu erkennen. Faraqàt blieb still unter den dunklen Bogengängen stehen. Ein großes Getöse von der flussabgewandten Seite des Platzes her kündigte an, dass die Vampire erneut angriffen. Faraqàt ging bis zur Mitte des Platzes weiter; unterdessen waren die Menschengruppen unter den Bogengängen hervorgetreten, hatten sich zerstreut und nahmen einen Teil des riesigen Platzes ein.

Flügelschlagen und Gebrüll, gellende, spitze Schreie erfüllten die Luft. Die Vampire stürmten vorwärts in der großen Dunkelheit, die nicht einmal mehr von den Feuern erhellt wurde. Auch ohne sie zu sehen, bemerkte man beim Atmen und in den

Augen die tiefhängenden Schwaden von Tränengas. Faraqàt ging erschöpft aus dem Zusammenstoß hervor, konnte kaum den Schwindel überwinden, den Dunkelheit und Kanonenschläge in ihm ausgelöst hatten. Er blieb jedoch auf den Beinen und ging weiter zum Fluss hinunter.

X

Sonne und Mond, Gold, Opal, Perlmutt oder Silber: aus den Tiefen der Vorzeit bis zur Folie, die man biegen und zuschneiden kann, die die Hand verletzt und Blut fließen lässt, tropfenweise oder als Schwall, weibliche Welle, Läuterung und nächtliche Mutterschaft – viele Dinge verlieren sich in der Nacht.

In seinem Arbeitsraum, vor dem massiven Schreibtisch, schloss Graf Dracula die Augen und verweilte lange in der einsamen Dunkelheit seines Herzens. Kein Bild stieg empor aus diesem Abgrund mit den glatten Wänden, die keinerlei Moos und nächtliche Vegetation duldeten. Wie in einem Brunnenschacht voller Löschkalk ertränkte er darin den Vampir, der souverän in ihm lebte und doch bloß Teil und Splitter war. Der Splitter versank, glühte still, und in der Stille und Dunkelheit schimmerte unauslöschlich der Namenszug in Lettern aus grünem und blauem Email: Dracula. Die große weiße Statue, die diesen Namen trug und imstande war zu fliegen, wusste, dass ihre marmorne Substanz über dem Abgrund schwebte wie ein Geier; langsam sah er den Geier herniedersegeln, und er schlug die Augen auf.

Leicht wie ein Schmetterling glitt der Geier durch die offenstehende Balkontür herein. Graf Dracula hob die linke Hand und kehrte deren makellose Innenfläche ohne jeden Altersfleck dem Vogel zu. Still und bescheiden saß der Geier im Hintergrund des Raums. Da kam durch die Balkontür in goldener Rüstung der Erzengel Michael herein und trat zu dem Geier, der ihm den Kopf auf den Schenkel legte.

Graf Dracula hatte die Augen wieder geschlossen. Unter großem Rauschen wie von vielen Wassern traten zwölftausend Engel in den Raum, der sich mit ihrem silbernen Glanz füllte. Die Augen der Engel traten hinter dem Funkeln der Panzer zurück. Auf den blanken Klingen ihrer Degen leuchteten azurblaue Konstellationen. Sonne und Mond, Lichter in den Tiefen der nächtlichen Gewässer, glühende und hellblaue Medusen, Schimmern von Algen, Nachtfalter über sommerlichem Feld – der Hauch der warmen Jahreszeit zog die Grenzen der Nacht. Die höchsten Zweige zitterten über dem Haupt dessen, der auf dem Grunde ruhte.

Graf Dracula erhob die Rechte, und mit Zeigefinger und Mittelfinger machte er das Zeichen des Kreuzes. Die Engelsscharen wichen an die fernen Wände zurück. In aller Stille stieg von den höchsten Himmeln der heilige Gabriel herab. Rasch und kühn sah Graf Dracula ihn eintreten, sich vor ihm aufstellen und ein Tuch entfalten.

Da blickte von dem Tuch, das der Erzengel entfaltete, das Zeichen des Todes den Grafen Dracula an: das mit dem Blut Unseres Herrn abgedrückte Menschenantlitz. Auf den Schreibtisch herabgesunken, war Graf Dracula jetzt nur noch ein Leichnam. Da erhob sich der Gesang der Henker:

Vanitas vanitatum. Tum, tas, tum, tum, tum. Tas, vani tas tas, tum tas, vaaaa!

Der Trüffel schmeckt nach Verwesung. Der Vampir kostet die Erde wie einen Trüffel:

Vanitas et omnia vanitas. Vanitas vaaaniiitatum.

Fünfzehn Minuten später wurde die Seele des Grafen Dracula, in Gold und Purpur gefasst, vor dem Thron Unseres Herrn zugelassen. Es war Dracula, der zuerst sprach: »Ich bin die ewige Zerstörung, der ewige Tod. Möge Gott mir erklären, wie ich habe sterben können.«

Nach Jahrtausenden des Schweigens sprach Unser Herr:

Morumàn, se vampyr moriròt. Oll vampyr inamòr mòoor. Mooooor mooor mooor mooor mooor mooor mooor moor!

XI

Die Vampire waren nicht müßig gewesen. Im Zentrum der Stadt erhob sich ein ziemlich hoher Turm, und auf dessen Spitze hatte der Herzog von Avila das Hauptquartier verlegt.

Aus allen Teilen der Stadt trafen erfreuliche Nachrichten ein. Auf den Plätzen waren die Vampirgeschwader auf geringen Widerstand gestoßen. Aber die Menschen hatten angefangen, die Straßen aufzureißen, und von den Bogengängen aus zielten sie mit Granitquadern auf die Vampire. Insgesamt jedoch schien ihre Verteidigung ziemlich schwach, und die Besetzung der Stadt schritt planmäßig voran. Mit berechtigter Genugtuung hatte der Herzog von Avila von der Spitze des Turmes aus in der ganzen Stadt die Lichter nach und nach schwächer werden sehen, bis sie schließlich ganz im Dunkeln lag. Über dem Kopf des Herzogs wehte die Fahne mit dem Vampirwappen, dem schwarzen Berg, oben von blutigen Zähnen gekappt.

Der Vampir war in die Betrachtung des Häusermeers versunken, das sich nunmehr vollkommen dunkel zu seinen Füßen dehnte, als völlig außer Atem ein Vampirbote an seiner Seite auftauchte und ihm eine Depesche überreichte. Im schwachen Licht des Mondes, der halb von Wolken bedeckt war, erkannte Avila auf dem Umschlag das schwarze Siegel mit dem Sternwappen des Vampirischen Horizonts. Der Vampir beeilte sich, die Depesche zu entsiegeln. Rasch überflog er die ersten Zeilen, dann hielt er bestürzt inne: »... trotz der in dieser Nacht im Gange befindlichen Schlacht beeilen wir Uns, Euch mitzuteilen, dass Seine Herrlichkeit Graf

Dracula durch einen plötzlichen Kollaps um 22.10 Uhr auf seiner Burg, der Andachtburg, verschieden ist.«

Der Brief, der die Unterschrift des Marquis de Pombal trug, schloss mit einer Ermahnung, sich von dem so plötzlich über die Welt hereingebrochenen Unglück nicht entmutigen zu lassen.

Der Herzog von Avila war am Boden zerstört. Dennoch gelang es ihm schon recht bald, sich wieder in die Gewalt zu bekommen. Sofort wurde die über dem Turm wehende Vampirflagge auf Halbmast gesetzt. Nachdem er die nötigen Anweisungen gegeben hatte, damit sämtliche Vampire in der Stadt baldmöglichst von dem Unglück in Kenntnis gesetzt würden, zog sich der Herzog in einen Winkel der Terrasse zurück. Die Welt der Vampire war ihres Oberhaupts beraubt. Mit tiefer Trauer gedachte Avila des stillen Hofes der Andachtburg, wo er sich wenige Stunden zuvor noch aufgehalten hatte.

Ein unerwartetes Ereignis lenkte ihn jedoch von seinen trüben Gedanken ab. Aus der Finsternis jenseits der Turmbrüstung tauchten zwei große, lächelnde und leicht verschleierte Gesichter auf. Der Herzog erkannte zwei Engel in ihnen.

Einer der beiden wandte sich im Ton höflicher Autorität an ihn:

»Dringende Nachricht von Seiner Hochverehrten Eminenz, dem heiligen Petrus, an Seine Hoheit, den Herzog von Avila. Seine Hochverehrte Eminenz hat Sie für diese Mitteilung auserwählt, weil wir – die berühmtesten Boten – uns gerade in Ihrer Nähe aufhielten. Haben Sie jedoch die Güte, die Nachricht umgehend auch an den Präsidenten des Obersten Rats des Vampirischen Horizonts, den Marquis de Pombal, weiterzuleiten.«

Der Herzog nickte, und der Engel fuhr fort:

»Seine Hochverehrte Eminenz hat vom plötzlichen Verscheiden des Grafen Dracula Kenntnis erhalten und ist tief betrübt darüber. Er lässt die Herren des Vampirischen Rats jedoch wissen, dass mit dem Verscheiden des Grafen Dracula jene unverzichtbaren Garantien für Ernsthaftigkeit und Würde, die Unser Herr für notwendig erachtet, um die Erde den Vampiren zu übergeben, weggefallen sind. Daher präzisiert Seine Hochverehrte Eminenz, dass er, sollte die Erde nicht bis zum Morgengrauen in Händen der Vampire sein, dies als Zeichen der Schwäche auslegen und sich gezwungen sehen wird, Unserem Herrn nahezulegen, den Vampiren wegen Untauglichkeit das ihnen anvertraute Mandat zu entziehen.«

Während der Herzog von Avila noch nach den geeigneten Worten für eine Antwort suchte, verschwanden die beiden Engel augenblicklich in der Dunkelheit, die über der Stadt lag.

Der Vampir sandte also eine Nachricht an den Marquis de Pombal und informierte ihn über das Ultimatum. Sodann versammelte er seine Mitarbeiter im Hauptquartier, wies auf die Stadt, die sich im Dunkel ringsumher kilometerweit dehnte, und sagte:

»Bis zum Morgengrauen muss sie unser sein! Ehre und Leben stehen auf dem Spiel. Es ist keine Zeit zu verlieren!«

Auf der Stelle brachen die Vampire in die Viertel des Stadtzentrums auf. Dort tobte die Schlacht am grausamsten. Vorwärts! Ohne Unterlass! Die aufgehende Sonne würde das Vampirbanner auch über den letzten Häusern am Stadtrand wehen sehen.

XII

Der Oberste Rat des Vampirischen Horizonts war in der Aula Magna der Universität von Krakau zur permanenten Sitzung zusammengetreten. Die Nachricht vom Tode des Grafen Dracula hatte wie ein Blitz unter den Ratsmitgliedern eingeschlagen; einzig der Marquis de Pombal in seiner Eigenschaft als Präsident hatte sich gezwungen gesehen, seine Gefühle unter Kontrolle zu halten. Lebhafte Bestürzung zeichnete sich jedoch auch auf seinem Gesicht ab, als ihn die Nachricht des Herzogs von Avila erreichte, die ihm das Ultimatum des Heiligen Petrus verkündete.

Beklommen diskutierten die Ratsmitglieder miteinander in dem nur spärlich von Öllampen und rauchenden Fackeln erleuchteten Saal. Die Engel hatten es unmissverständlich gesagt: Eile war geboten!

Unter den jüngeren und aufbrausenderen Vampiren gewann der Vorschlag, die Menschen zu vergiften, immer breitere Zustimmung. Schwärme von entsprechend ausgebildeten und mit Giftzähnen bewaffneten Vampiren hätten über die Städte herfallen und sie binnen weniger Stunden mit Totenstille überziehen können.

Aber wenn Dracula tot war, dann musste zuallererst die Gedenkrede auf ihn gehalten und sodann sein Nachfolger bestimmt werden. Erst wenn diese fundamentalen Pflichten erfüllt waren, konnte man zur Tagesordnung übergehen.

Der Marquis de Pombal erhob sich also und ergriff das Wort:

»Brüder! Es ist schmerzlich für mich, dass die wenige mir zur Verfügung stehende Zeit mir nicht gestattet hat, für unseren großen Verstorbenen eine Gedenkrede aufzusetzen, wie sie seiner würdig wäre. Möge dies zu meiner Entschuldigung dienen, wenn meine Worte den eigentlichen Absichten nicht gerecht werden sollten. Im Übrigen aber sind die Ergebenheit und die Liebe, mit der wir ihn in unserer Erinnerung bewahren, das beste Gedenken und gewiss auch dasjenige, das ihm selbst am liebsten wäre.

Hier, im Schoße dieser Familie, der es zur Ehre gereicht, ihn zu den Ihren gezählt zu haben, will ich euch von dem Vampir sprechen, der erwählt war unter allen aufgrund seines adligen Blutes, von dem Vampir, der in so finsteren Zeiten Bewahrer und Garant unserer Zuversicht gewesen ist. Das bis zum Äußersten gesteigerte Gefühl der Würde, der aristokratische Zug, der sich in Hohn und eisige Schmähung kleidet – beide zusammen sind eine schreckliche Waffe in den Händen eines Vampirs! Unserem Verschiedenen standen Hohn und Schmähung zu Gebote, und er setzte sie ein als Mittel, teils um die Trägheit der Menschen zu geißeln, teils um die gemeine Bande derer mit Schmach zu überziehen, die da von menschlicher Würde reden, von menschlichen Rechten, und die so viel Vampirblut vergossen haben, bevor die Vampire in dieser Nacht die Wiedereroberung der Welt versuchen durften.

Als Vampir wütete er insbesondere gegen die Großen dieser Welt; da das Gelübde eines jeden Vampirs der Erde gilt, und weil gerade dort die größten unter den Menschen sich abmühen, ein Stückchen Souveränität zu wahren, das sie sich durch Lug und Trug erschlichen haben. Als Vampir ging er schließlich so weit, gegen die Erde selbst zu wüten, weil sie die Gemeinschaft der Menschen an ihrem Busen nährte, diesen Ausbund an Trägheit, diese Brutstätte des Betrugs, dieses Schlangennest der Niedertracht.

Ach, wie ferne gerückt war unserem großen Toten, wie entschwunden die Vision von der Erde unter der Herrschaft der Vampire, einstmals Mutter von Gesetz und Freiheit! Heute ist die Erde von Tausenden und Abertausenden gemeinen Wesen bevölkert, die weiterhin die Münder der Vampire knebeln und ihrem Denken die Flügel stutzen.

Wir wären versucht zu sagen, die gepeinigte Seele unseres Großen habe gebebt im bittersten Zorn, den je ein Vampir empfunden hat. Nie aber hatte Dracula Furcht. Stets wusste er, dass jenseits aller menschlichen Frevel die Würde der Vampire unbeschadet überleben würde. Und wenn er zürnte, dann war es nur, um zum Aufruhr anzustacheln, zur Befreiung.

Armer, großer Herr! Selbst heute ist sein Wunsch noch nicht ganz verwirklicht. Der Schrei, den er so oft ausgestoßen hat, die Zerstörung, die er so oft erträumt hat – ihre letzte Erfüllung steht noch aus.

Aber schon wurde das unselige Geschlecht aus vielen Ebenen vertrieben. Wir werden dem freien vampirischen Geist zu neuer Blüte verhelfen; wir werden die ruchlose menschliche Illusion bloßstellen, den Schleier zerreißen. Und bald werden Draculas Worte zur Siegesfeier erschallen.

Oh, zu früh Verstorbener! Der Gesang der Vampire wird dich aus deinem ewigen Schlaf erwecken!«

Die Vampire nahmen das Ende der Rede in Schweigen auf; dann dankten zwei alte Ratsmitglieder dem Marquis de Pombal im Namen der Versammlung für seine gelehrte und erhabene Rede.

Darauf wandte der Marquis sich wieder an die Anwesenden.

»Brüder! Unauffüllbar ist die Lücke, die Graf Dracula in unseren Reihen hinterlassen hat, aber irgendjemand muss schließlich die Aufgabe übernehmen, die Vampire zu führen, ihnen Oberhaupt, Beschützer und leuchtendes Beispiel der Gerechtigkeit zu sein. Was mich betrifft, so schlage ich vor, dass zu diesem höchsten Amt ein Vampir von altem Adel, edlen und reinen Idealen und tiefer Gelehrsamkeit gewählt werde: der Vampir ...«

Aber er kam nicht mehr dazu, den Namen des Kandidaten zu nennen. Unter den Ratsmitgliedern der hintersten Reihen war plötzlich Tumult entstanden und hatte augenblicklich auf die ganze Versammlung übergegriffen. Stehend und laut schreiend, schenkten die Mitglieder des Obersten Rats den Worten des Marquis de Pombal keine Aufmerksamkeit mehr, ja kehrten ihm den Rücken zu.

Vier Vampire mit schlammbesudelten Flügeln waren im Saal erschienen und hatten die große Nachricht verkündet: »Sämtliche Städte der Erde sind gefallen! In einer allein gibt es noch vereinzelten Widerstand; aber der Herzog von Avila, der den Abschnitt befehligt, hält den Sieg für gewiss!«

Nachdem sie zum Podest des Präsidenten getreten waren, erläuterten ihm die vier Boten alle Einzelheiten der Schlacht. Das Ultimatum des heiligen

Petrus hatte, anstatt die Seelen der Kämpfer zu entmutigen, sie auf wunderbare Weise angestachelt. Ganze Schwadronen von Vampiren hatten sich mit bewundernswertem Mut ins Gefecht gestürzt, in allen Städten der Welt.

Mit dem Ruf »Es ist Draculas Wille!« war der massivste Widerstand der Menschen gebrochen worden. Der Marquis de Pombal erhob sich zum Sprechen.

»Meine Herrn!«, sagte er, »Kein Grübeln mehr, sondern Ruhm! Die Erde ist erobert.«

XIII

Der Übertritt des großen Dichters zur Sippe der Vampire hatte sich sofort bis zum Paradies herumgesprochen, und man munkelte, dass Unser Herr das Verhalten des heiligen Petrus nicht gebilligt habe. Einige sagten auch hinter vorgehaltener Hand, der heilige Petrus sei vorübergehend vom Anblick Unseres Herrn ausgeschlossen worden, der hingegen wenige Stunden nach der Vampirwerdung des großen Dichters dem Samaèl eine lange Privataudienz gewährt habe.

Tief in der Nacht war der große Dichter noch wach, mit seinem neuen Gedicht beschäftigt. Er war bis zu dem Vers gekommen: »Sein Schatten kehrt wieder, der verschwunden war«, als ihn plötzlich die Inspiration verließ. Der anschließende Vers war Dunkelheit und Schweigen für ihn. In den vielen Jahren seines Schaffens war etwas Derartiges noch nie vorgekommen, und der große Dichter war mit den Dingen dieser Welt vertraut genug, um gewisse Symptome nicht leichtfertig zu übergehen. Er schraubte also die Kappe des Füllhalters zu, setzte sich aufrecht in den Sessel und sagte mit lauter Stimme: »Ich warte.«

Dann besann er sich jedoch rasch, zog aus einer Schublade des Schreibtischs einen Kompass hervor, sah auf die Magnetnadel und drehte seinen Sessel so, dass er nach Osten schaute. Vor ihm war die Glastür, hinter der man undeutlich die dunklen und glitzernden Umrisse der schneebedeckten Bäume erkannte.

Der große Dichter blieb auch sitzen, als er durch die Glastür den alten Tod eintreten sah, jenen selben Tod, der seinerzeit von einem Bauern überlistet und viele Jahre lang auf einem Birnbaum gefangen gehalten worden war. Er trug wie üblich sein Schweißtuch und schleifte die Sense hinter sich her.

Der Tod trat vor den Sessel des großen Dichters hin, und dort verharrte er in Schweigen. Es war nichts Majestätisches an seinem Schädel, und er deutete keinerlei furchterregende oder feierliche Geste an. Er stand einfach unbeweglich da; er schien nicht einmal zu warten. Der große Dichter war nicht allzu sehr überrascht. Obwohl er Vampir geworden und damit für den Tod kaum erreichbar war, wusste er doch, dass die Ordnung des Universums sich stets ändern konnte. Er fragte den Tod jedoch: »Was wünschen Sie, Bruder?« Aber der Tod antwortete nicht. Seine Anwesenheit selbst konnte die Antwort sein. Der große Dichter jedoch war gewohnt, sich nicht mit den äußeren Erscheinungen zu begnügen. Er steckte die Hände waagrecht von sich und sprach das Wort »Blut« aus. Sodann legte er die Hände wieder auf die Lehne des Sessels und fragte den Tod: »Wem gehört es?«

Da verneigte sich der Tod, ging hinaus und blieb im dunklen Garten stehen. Von den Zweigen rieselte Schnee auf ihn herab, und bald war er nur noch ein harmloser Schneemann, mit zwei Stöcken anstelle der Hände und zwei Knöpfen anstelle der Augen.

Im Zimmer des großen Dichters wurde das Licht der Lampen plötzlich heller. Vor sich auf dem Boden sah der große Dichter große dunkle Buchstaben, die sich von seinem Sessel bis hinüber zur Glastür einer an den anderen reihten und draußen weitergingen:

DADIESTIMMEWARD. Weiter konnte er nicht lesen. Da stand er auf und machte sich auf den Weg, wobei er darauf achtete, seinen Fuß immer auf einen Buchstaben zu setzen. Er trat in den Garten hinaus und ging weiter, immer den Weg aus Buchstaben entlang, die aus dem Schnee hervortraten wie Steine aus einem Fluss. Nachdem er auf diese Weise viel Schnee durchwatet hatte, gelangte der große Dichter an die Schwelle des Paradieses. Er ging zwischen den beiden Greifen hindurch und schritt weiter auf den Buchsbaumwegen. In den Abgründen des Himmels unter seinen Füßen sah er den tiefhängenden Mond und den fernen, roten Schein der Sonne, die gerade aufzugehen begann. Im eisigen Dezembermorgengrauen gelangte er vor den Thron Unseres Herrn, und da wusste er, dass sein Weg zu Ende war.

XIV

Die schwarzen, vereisten Gehsteige dröhnten unter seinen Schritten, und die vergitterten Kellerfenster waren dunkel. Faraqàt lief noch lange durch die verlassenen Straßen. Er betrachtete die Reihen von Balkonen mit ihren Eisengeländern und die Häuserfriese, aber bald musste er den Blick senken: Die Pflastersteine waren rutschig geworden.

Noch einmal kam er an der erleuchteten Tür der Kneipe vorbei, trat aber nicht mehr ein. Er ging schnell; manchmal versank er mit den Füßen in Schneehaufen neben den Gehsteigen; und der Schnee war schon grau und schlammig auf dem glänzenden Asphalt. Die Kanaldeckel leuchteten im Dunkel, funkelnd von Rinnsalen, die aus den gefrorenen Pfützen abliefen.

Wieder ging Faraqàt in Richtung Fluss; dort würde er seine Gefährten treffen.

Aber auch der Fluss war dunkel und geschwollen von fauligem Wasser. Knäuel aus Blättern und Abfall schwammen darauf, und eine heruntergeschlagene Laterne tauchte nassglänzend halb aus dem Wasser auf.

Es war vielleicht zu früh, denn die Gefährten standen nicht am Flussufer.

Faraqàt ging wieder durch die Straßen seines Viertels, im Regen, der zu fallen begonnen hatte. Die Betonpfeiler der mit Kugeln und Weinranken verzierten Gittertore schienen vollgesaugt mit Regenwasser. Die Bäume in den Gärten nahmen das Wasser mit ihren kahlen Zweigen auf und warfen spärliche Schatten auf die Gehsteige.

Nahebei hörte Faraqàt das Glucksen von Wasser in den schneebedeckten Pfützen.

Am Tag waren die Bürgersteige vor den Haustoren gefegt worden, und die Pflastersteine in den Hauseingängen waren feucht und schwarz. Stunden um Stunden würde der Regen die Steinplatten reinwaschen, aber es hatte erst jetzt zu regnen begonnen, und die Nacht war schon ziemlich weit vorgeschritten. Wie viele Stunden waren es noch bis zum Morgengrauen?

Es war tiefe Nacht. In der nächtlichen Ruhe seines Viertels zweifelte Faraqàt daran, dass es die Schlacht überhaupt gab.

Faraqàt ging weiter. Er gelangte an ein Haus, dessen Eingangstür noch angelehnt war. Das Viertel war still. Nur ganz in der Ferne hörte man schwache Schreie.

In diesem Augenblick sah Faraqàt die Straßenlaternen fast wie mit einem Schlag angehen. Als er sich umdrehte, bemerkte er, dass in sämtlichen Straßen bis hin zu den entferntesten Querstraßen, bis zum Flussufer hinunter die Lichter wieder angegangen waren.

Irgendjemand hatte den Vampiren Widerstand geleistet, und es war ihm gelungen, die Stromversorgung wieder in Gang zu setzen, die Straßen strahlten im hellen Licht, das den Staub an den Fenstern und die Risse im Verputz der Fassaden zum Vorschein brachte. Die Stadt war mittlerweile darauf eingestellt, nie mehr von Straßenlaternen erleuchtet zu werden; und im Schutz der Dunkelheit hatten ihre Mauern lange Risse bekommen, wie schleimige und vertrocknete Wunden.

Überall war das Licht wiedergekehrt, die Wände aus Bossenquadern zerbröselten zu einem mehligen Staub, er rieselte auf die Grasbüschel herab, die aus den Fugen der Gehsteige hervorgesprossen waren. An sämtlichen Fassaden schienen die Fensterscheiben in ihren Mauerfassungen wie blanke Metallplatten, nicht mehr durchsichtig. Aber in den Erdgeschossen mussten die Fenster mit Dunkelheit geschmirgelt worden sein: Undurchsichtig und hell wie Pergament warfen sie die Strahlen der Straßenbeleuchtung in wechselnden Reflexen zurück. Im Licht waren neben den Haustoren zahlreiche Leute zum Vorschein gekommen; heimlich waren sie auf die Straße geschlichen und standen nun in langen Reihen auf den Gehsteigen, mit einem Ausdruck zwischen Verwunderung und Belustigung, die Augen weit aufgerissen und die Gesichter reglos, hell in dem plötzlichen Licht.

Still leuchtete die Stadt; man hörte nicht einmal mehr das Geräusch von Schritten, da beim Wiederangehen der Lichter alle stehengeblieben waren. Am Ende der Straße sah Faraqàt zwei Männer in der Uniform der Kampfgruppen; ihre Anzüge waren rau und staubig. Rings um ihre Stiefel schien der Schnee im Licht der Laternen zu schmelzen. Bäche klaren Wassers liefen zur Mitte der Straße hin, verloren sich im Schatten zwischen den vereisten Löchern der Kanaldeckel. Auch auf den Dächern musste der Schnee schon schmelzen; am Verputz der Fassaden breiteten sich große, dunkle Nässeflecke aus.

War die Wiederkehr des Lichts vielleicht eine Garantie für den Sieg der Menschen?

Würde die Stadt von diesem Zeitpunkt an für immer erleuchtet sein? Sicher nicht.

Schon hörte man in der Ferne das Geklirr eingeschlagener Fensterscheiben, und die weiter entfernten Straßen fielen eine nach der anderen in die Dunkelheit zurück. Die Vampire oder vielleicht auch eine der Gruppen, die ein letztes Verteidigungsmanöver versuchten, schlugen mit Steinen die Straßenlaternen ein. Bald schon war alles wieder dunkel; nur die Straße, in der Faraqàt sich befand, war erleuchtet geblieben, und die Laternen hatten nichts von ihrer Helligkeit eingebüßt. Die an die Wände gelehnten Menschen blieben weiterhin reglos stehen, schlugen nur selten mit den Lidern, die Gesichter immer noch mit einem Ausdruck belustigten Staunens.

Dann begann auch in dieser Straße das Licht rasch schwächer zu werden. Aber als die Dunkelheit vollkommen war, ließ kein Füßescharren vermuten, dass die Menge fortgegangen war. Sie mussten immer noch an ihre Häuser gelehnt dastehen, aufrecht in der Finsternis. Faraqàt fing wieder an zu gehen, entfernte sich vom Fluss.

Die Kälte war weiterhin groß, aber der Schneefall war wesentlich schwächer geworden; es war jetzt beinahe angenehm, ruhig, ohne ein bestimmtes Ziel durch die dunklen Straßen zu gehen. Man sah keine Lichter mehr, nicht einmal Kerzenlicht, das noch kurz zuvor hinter einigen wenigen Fenstern gebrannt hatte.

Auf den Straßen herrschte jedoch ein Halbdunkel, das Faraqàt erlaubte, Kreuzungen und Plätze wiederzuerkennen, sogar einzelne Häuser, die ihm in seiner Kindheit vertraut gewesen waren. Er erkannte sie wieder, sah sie unverändert, als ob die Schlacht spurlos an ihnen vorübergegangen wäre; genauso wären sie ihm vermutlich erschienen, wäre er in den vergangenen Jahren an einem frühen Wintermorgen hinausgegangen, wenn die Straßenlaternen schon aus sind und die Sonne noch nicht hoch genug über den Horizont gestiegen ist.

Es schien, als hätte die Schlacht ihr Zerstörungswerk an den Fassaden dieser Häuser eingestellt. Und doch war es tiefe Nacht: Die Schlacht war noch nicht vorüber. Die Vampire konnten noch nicht absolute Herrscher über die ganze Stadt sein.

Das Viertel war von der Offensive der Vampire noch verschont geblieben, und doch schien sein Verfall angehalten zu sein: Die Schäden, die Faraqàt in jener Nacht schon vertraut geworden waren, waren hier weniger sichtbar.

Faraqàt überquerte den nunmehr völlig dunklen Platz vor der Pfarrkirche. Dann lief er wieder durch die Straßen, die zum Flussufer hinunterführten. An den Fassaden sah man keinerlei Licht.

Faraqàt hielt sich nicht mehr damit auf, die Häuserwände der Stadt zu betrachten. Ein paar Stunden zuvor war er noch mit der Hand über ihre rauen, nassen und kalten Flächen gefahren; jetzt aber achtete er beim Gehen nur auf den eisigen Wind, der ihm aus den Straßen entgegenschlug. Es ging auf das Ende der Nacht zu, und schon viele bedrückende Erscheinungen der Stadt rings um ihn waren verschwunden, um dem großen Raum der Nacht Platz zu machen.

Mehr als einmal während seines Spaziergangs fand er sich vor dem Gitter seines Kellers wieder, und schließlich lehnte er sich an das Gartentor des betrunkenen Schneiders. Der betrunkene Schneider hatte ein altes Haus gekauft, gegenüber des Kellergitters und der Kneipe, wo Faraqàt haltgemacht hatte. In dieser Kneipe brachte er seine Nachmittage zu, tauchte seinen dichten blonden Schnurrbart oft und tief in den Wein, um dann sinnlose Drohreden zu schwingen.

In dem kleinen Garten vor dem Haus hatte der Schneider, von dem man auch sagte, er sei nicht ganz richtig im Kopf, Vogelkäfige in Form von Pagoden aufgestellt, die nun zwischen den Bäumen, von denen der dunkle Garten dicht umstanden war, hervorleuchteten. Faraqàt trat in den Garten. Als er sich einem der Vogelkäfige näherte, sah er, dass er leer war. Seit einigen Monaten hatte der Schneider seine Vögel ein wenig vernachlässigt, und so waren etliche von ihnen gestorben, ohne ersetzt worden zu sein. Die Gitterstäbe des Käfigs, die die Form von gedrechselten Säulen hatten, schimmerten golden, in einer gipsenen, etwas abgeblätterten Patina. Auf das Dach des Käfigs hatte sich eine Schicht Schnee gelegt, durch die ein schwaches goldenes Leuchten drang, und der Kies, der die Wege bedeckte, war rötlich und trat in scharlachfarbenen Flecken unter der Eisdecke hervor. Etwas weiter drüben, im Dunkel der Zwergpinien, trug die Magnolie violett-rosa Blütenkronen über ihrem vereisten Stamm. Faraqàt kniete hinter einem Farngebüsch nieder, das ein kleines Hortensienbeet abschloss. Der Geruch von feuchter Erde und von muffigen Tontöpfen lag in der eisigen Nachtluft.

Bald fing es wieder an zu schneien; Faraqàt stand auf und verließ den Garten. Er wandte der Fassade mit dem Glyzinienfresko den Rücken zu und ging erneut zum Fluss hinunter.

Die letzten Einheiten mussten schon über das Flussufer hinaus vorgedrungen sein, als er dort ankam. Es hatte plötzlich aufgehört zu schneien. Nur fünf seiner Gefährten standen beim Geländer der eingestürzten Brücke. Auf den Gehsteigen verfaulten im Schnee Papier- und Stofffetzen, Holzstücke und rostige Wagenteile. Die Morgendämmerung brach an, mild wie im Frühling. Rasch huschten über die Dächer die Schatten von Vögeln im Flug. Keine Wolke stand am Himmel, und die Sonne begann, über den klaren Horizont emporzusteigen, ohne die Straßen vom nächtlichen Eis zu befreien. Die Stunde war da: die letzte, die ersehnte, die endgültige Schlacht. Es war das Ende. Mit dem Rücken zum Fluss senkte Faraqàt den Kopf und sagte: »Siehe da, eine Stunde ist vergangen.«

Nachwort

Über eine so komplexe Figur wie Furio Jesi innerhalb der eng gesteckten Grenzen eines Nachworts auch nur halbwegs Erhellendes zu sagen, fällt schwer. Im Verhältnis zur Kürze seines Lebens – Jesi wurde 1941 in Turin als Sohn jüdischer Eltern geboren und kam 1980 durch einen merkwürdigen häuslichen Unfall ums Leben – ist seine wissenschaftliche Produktion immens. Aber nicht nur deren Quantität, auch ihre inhaltliche Vielfalt widersetzt sich der bündigen Darstellung. Furio Jesis universale, keinerlei akademische Disziplinierung respektierende Belesenheit, die Vielfalt seiner Untersuchungsgegenstände, sein interdisziplinärer Ansatz und sein essayistischer Stil vereiteln das Vorhaben eines knappen Überblicks über Autor und Werk schon im Ansatz. Daher beansprucht das Folgende nicht mehr, als Jesi in groben Umrissen erkennbar werden zu lassen.

Obwohl er Fiktives und Gedichte schrieb, war Furio Jesi kein Schriftsteller im eigentlichen Sinn, ebensowenig wie er Maler war, obwohl er gelegentlich malte; zwar brachte er in einem Turiner Keller – darin der Figur des Faraqàt im vorstehenden Text ähnlich – Brechts *Trommeln in der Nacht* zur Aufführung, trotzdem war er kein Regisseur. Sein lebenslanges Interesse galt dem Mythos. Fünfzehnjährig veröffentlichte er, in französischer Sprache und in einer angesehenen internationalen Fachzeitschrift, einen ersten wissenschaftlichen Beitrag zur Ägyptologie. Mit sechzechn verließ er das Gymnasium, um sich von da an allein, durch Reisen und persönliche Kontakte zu Wissenschaftlern, fortzubilden. Der wichtigeste und am nachhaltigsten prägende dieser Kontakte war der zu Karòl Kerényi, dem großen ungarischen Altertums- und Mythenforscher.

Die lebenslange Beschäftigung mit den mythischen und esoterischen Substraten von politischen wie literarischen Ideologien brachte es mit sich, dass Jesi sich immer mehr in die deutsche Geistes- und Literaturgeschichte vertiefte. *Germania segreta* (Verborgenes Deutschland, 1967), *Letteratura e mito* (Literatur und Mythos, 1968) und *Materiali mitologici* (Mythologische Materialien, 1979) weisen ihn als profunden Kenner der deutschen Literatur, Philosophie und Geschichte aus. Daher wurde ihm 1979 der Lehrstuhl für Deutsche Sprache und Literatur an der Universität Palermo verliehen – allein aufgrund wissenschaftlicher Verdienste: Jesi hatte ja nicht einmal das Abitur. Auch *Cultura di destra*, 1979 (*Kultur von rechts*), das einzige seiner Bücher, das 1984 ins Deutsche übersetzt wurde, befasst sich in zentralen Teilen mit der deutschen Geistes- und Politikgeschichte.

Schon diese wenigen Daten lassen eine überaus komplexe, quer zur Zeit stehende geistige Physiognomie erkennen: Wunderkind und Privatgelehrter in einer auf Demokratisierung und Normierung des Bildungswesens bedachten Zeit; Mythenforscher und Jude, damit (wenn auch nicht gläubiger) Angehöriger derjenigen unter den Religionen, die – mit dem akutesten Geschichtssinn begabt – für den Mythos das feinnervigste, da aus Misstrauen gewebte Sensorium entwickelt hat; Mythenforscher und gleichzeitig engagierter Anhänger der politischen Linken, die in den Sechziger- und frühen Siebzigerjahren emphatisch den Anspruch vertrat, das mythische Dunkel der Vergangenheit im Lichte der eigenen politischen Aufklärung ein für allemal restlos vernichtet zu haben. Gegen den oftmals platten Rationalismus, der diesen Anspruch begleitete, war Jesi durch seine exzentrische Stellung gefeit. Nicht allerdings gegen Unabgeschlossenheit seines Denkens.

Furio Jesi hat sich mehrfach theoretisch *und* spielerisch mit dem Vampirmythos beschäftigt. Neben dem hier vorliegenden fiktiven Text über Vampire hat er auch ein Kindermärchen über das gleiche Thema geschrieben. Seiner eigenen wissenschaftlichen Terminologie zufolge hat er damit zwei »Aktualisierungen des Mythos vom Vampir« verfasst. In dem Märchen wird eine *Universalgeschichte der Vampire* zitiert, freilich nur deren Frontispiz. Unter den nachgelassenen Materialien zu *Die letzte Nacht* findet sich nun eine Scheinwiderlegung dieses fiktiven Werks durch einen gewissen Vampir Salassar-Dentardiente, welcher den Stammbaum des Verfassers jener Universalgeschichte, des Vampirs Niccolò de Zannis, richtigstellt. (Im Italienischen sind diese Namen witzige Wortspiele.) Man sieht: Jesi trieb sein Spiel mit dem Vampirmythos bis zur Ununterscheidbarkeit von Fiktion und Wirklichkeit.

Auch der hier vorliegende kleine Roman ist in diesem Sinne spielerisch. Er trägt die Datierung 1962–1970, und man wird vermuten dürfen, dass Jesi ihn als eine Art literaisches Divertimento neben seiner wissenschafltichen Produktion hat herlaufen lassen. Mehr als das zu sein, will dieser Text vielleicht auch gar nicht beanspruchen. Er ist nicht bis in die Einzelheiten durchgearbeitet und poliert, hie und da treten inhaltliche Unstimmigkeiten und Ungleichmäßigkeiten im stilistischen Niveau zutage. In der Tat wollte Jesi zu Lebzeiten weder diesen kleinen Roman noch das Kindermärchen veröffentlichen. Wenn seine Witwe sowie der italienische Verlag sich dennoch zur Herausgabe entschlossen haben, so deshalb, weil die besondere Variante des Vampirmythos, die Jesi hier zum Vorschlag bringt, interessant erschien und weil der Text zu einer produktiven und ironisch aufgehellten Nachdenklichkeit einlädt. In der beschriebenen Stadt ist unschwer Turin zu erkennen – Stadt der Industrie ebenso wie der Magie.

In Abwandlung des Folkloremotivs sind Jesis Vampire keine Wiedergänger, keine Toten, sondern Lebende, die durch die menschliche Vorherrschaft auf Erden in ein langes, leidvolles Exil gezwungen wurden. Auch das abschreckendste und grausamste Merkmal der Vampire – das Blut der Lebenden auszusaugen – hat Jesi variiert: Seit ihrer Unterwerfung durch die Menschen dürfen sie sich nur noch vom gestockten Blut der Toten ernähren. Schließlich verlegte Jesi den Ursprung der Vampirsage in graue Vorzeit. Die Erschaffung der Vampire liegt noch vor der Erschaffung des Menschen. Dadurch, und auch durch ihre Gewalttätigkeit ohne eigentliche Aggressivität, erscheinen sie wie eine Art urgeschichtliche Dinosaurier: vorzeitliche Lebewesen, die aus der »guten Erde« ihre Lebenskraft beziehen und bei deren bloßem Herannahen das erdumspannende Netzwerk der modernen Zivilisation brüchig wird und zerfällt, schlagartig zurücksinkt in den Naturzustand. Doch Jesis Vampire sind keine bloßen Naturwesen: Aufgrund des ungerechtfertigten Vorwurfs, sie tränken das Blut der Lebenden, fühlt man sich an die Juden erinnert, denen ja häufig Ähnliches zur Last gelegt wurde, wie Jesi in einem Aufsatz über Ritualmord und Vampirismus ausgeführt hat. Durch ihren uralten Adel und ihr Jahrtausende währendes Leben dagegen erscheinen sie als die Repräsentanten und Hüter der ältesten europäischen Kulturtraditionen. In der Tat erinnern sich die betagtesten unter den Vampiren an einen weder geografisch noch zeitlich genau präzisierten Alten Orient. Der Herzog von Avila, Seine Herrlichkeit Graf Dracula oder der ehrwürdige Juan de Carvalho y Melho, Marquis de Pombal – sie sind die so sagenhaften wie Achtung gebietenden Vertreter der ältesten europäischen Kultur, und fast möchte man die Anwälte der Kultur gegen die Zivilisation in ihnen erkennen.

Gleichzeitig aber zeigt der Text deutlich ironische und parodistische Züge. Die entspringen in erster Linie einem spielerischen Synkretismus. Man wird vermuten dürfen, dass Jesi hier, in einer Situation herabgesetzter kritischer Verantwortung, wie sie die literarische Fiktion gegenüber der wissenschaftlichen Arbeit mit sich bringt, dem bei ihm stets vorhandenen Hang zum Synkretismus mit größerer Freiheit nachgegeben hat. Besonders deutlich tritt das parodistische Moment an dem »großen Dichter« hervor. Nicht genug, dass er mit der Gorgo telefoniert und mit Gott, Tod und Teufel auf Du und Du steht – sobald er anhebt zu dichten, bringt er dantesche Verse* hervor.

Dass Synkretismus und Parodie Ausdrucksformen der verlorengegangenen Unmittelbarkeit in der esoterischen Offenbarungstradition sind, hat Jesi an Apuleius' *Metamorphosen* in wahrhaft meisterlicher Weise dargestellt. Wie Apuleius' – auch unter dem Titel *Der Goldesel* bekannter – initiatischer Text ist auch Jesis kleiner Roman ein Spätzeitprodukt. Die verlorengegangene Offenbarung, die *Die letzte Nacht* im Gewande pathetischer, ja apokalyptischer und doch zugleich ironischer Parodie beschwört und bewahrt, ist keine im engeren Sinne religiöse; es ist die Offenbarung eines harmonischen Gleichklangs zwischen in-

* Zitiert in der Übersetzung von Hermann Gmelin

nerer und äußerer Natur. Der kommt nur dann zustande, wenn die Natur durch menschliche Arbeit nicht in den Frondienst genommen, sondern befreit wird zur schöpferischen Harmonie zwischen Mensch und beseelter Natur. Dafür hatte die deutsche Romantik die reinsten und höchsten Ausdrucksformen entwickelt. Auch die schönsten. So könnten Eichendorffs Verse

> Und meine Seele spannte
> Weit ihre Flügel aus,
> Flog durch dic stillen Lande,
> Als flöge sie nach Haus.

durchaus aus dem Munde von Jesis Vampiren stammen. Sie wissen jedoch, haben es schmerzlich erfahren müssen dass solch wundersamer, stiller Flug unmöglich geworden ist: Unweigerlich würden ihre Flügel sich in den nächsten Telegrafen- oder Hochspannungsmasten verfangen, an ihnen verglühen. Furio Jesi aber wusste, hatte durch seine eingehende Beschäftigung gerade mit der deutschen Geistestradition erfahren, dass im Namen der in finsteren unterirdischen Verliesen grau und unansehnlich gewordenen Erinnerung an jenen stillen Flug der Seele kein Aufstand und kein Krieg zu führen ist. Oder doch? Diese Frage wirft sein Text mit lächelnd parodistischer Geste auf – um sie ebenso offenzulassen wie den Ausgang der letzten Schlacht.

Eine Reihe von Kritikern hat diese Unabgeschlossenheit und Offenheit, die am Ende fast alle, auch die wissenschaftlichen Texte Jesis kennzeichnet, als Moment eines initiatischen Verfahrens interpretiert. Die Initiation bestünde darin, dass der zu Initiierende – also der Leser – in einen Bereich geführt wird, in dem eindeutiges und intentionales Wissen unmöglich geworden ist. Unmöglich auch hier, in *Die letzte Nacht*, zu wissen, wer recht hat, auf wessen Seite das moralische Gesetz steht, wie die Nacht und der in ihrem Dunkel tobende Kampf ausgeht. Dunkel und Unmöglichkeit zu wissen zuletzt für den Leser: Unmerklich und ohne jede Liebäugelei wird er auf die Nachtseite des Wissens geführt – in einer literarischen Parodie mit zahlreichen versteckten Bezügen und tieferer, uneindeutiger Bedeutung.

Barbara Kleiner

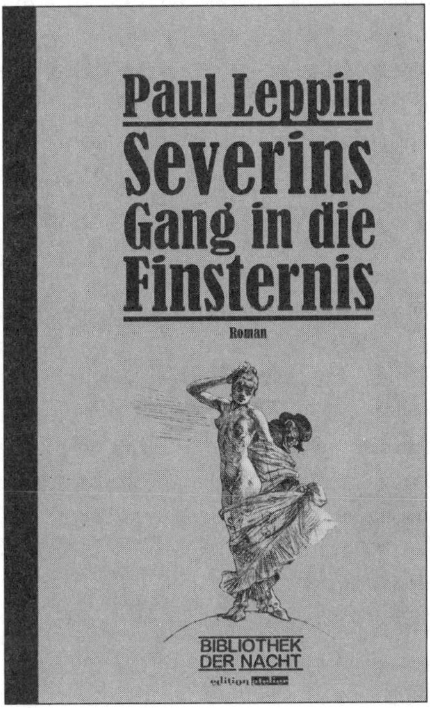

Im Prager Nachtleben findet Severin nicht nur einen Ausgleich zu seinem tristen Büroalltag, es laufen ihm dort auch die Mädchen fast scharenweise hinterher. Bei seinen rastlosen Streifzügen beginnt er halbherzige Affären, die er ebenso schnell wieder beendet, bis mit einem Mal die laszive Mylada in sein Leben tritt – Severin verfällt ihr mit Haut und Haar. Getrieben von seinen Leidenschaften zieht ihn die Prager Nacht mit ihren Gespenstern und ihrem düster-fantastischen Flair immer tiefer in den Bann ...

Paul Leppin: **Severins Gang in die Finsternis**
Roman | 128 Seiten | 16,95 Euro | ISBN 978-3-903005-13-6

Original title: L'ultima notte
First published in Italy by Marietti, Genova 1987

1. Auflage
www.editionatelier.at
Umschlag & Satz: Jorghi Poll unter Verwendung der Aquatinta-Radierung »Desastres de la Guerra« Blatt 72: *Die Folgen* von Francisco de Goya
Druck: Bookprint Kft., Györ
ISBN 978-3-903005-04-4

Mit freundlicher Unterstützung der Kunstförderung des Bundeskanzleramtes Österreich